小学館文庫

死神の初恋

無尽の愛は希望を灯す

朝比奈希夜

小学館

目次

新しい命の誕生

若葉が萌《も》え出《い》でる楓《かえで》の木の下を走る人力車は、今にも子が産まれそうな千鶴《ちづる》と心配げに彼女の手を握りしめる死神、八雲《やくも》を乗せてひたすら走る。

小石川《こいしかわ》から牛込《うしごめ》の産婆の家を目指す間、千鶴はできるだけ笑顔を心がけた。夫である八雲の表情がすこぶる険しいからだ。

「八雲さま、そんなに眉間にしわを寄せてばかりでは、せっかくの美しいお顔が台無しです」

落ち着いて見せてはいるものの、内心緊張している千鶴は、八雲の手を強く握って話す。

「美しいのは千鶴だ。それに、私の顔などどうでもいい。お前はなぜそれほど冷静でいられるのだ」

普段はなににも動じない八雲が、自分のためにこれほど取り乱してくれるのがうれしくもあるが、こうして感情を取り戻した彼が心に傷を作るようなことがなければいいなと、千鶴は思う。

「冷静ではございません。……正直に言うと、さっきから鼓動が速くて。でも、産むしかないのですよ」

結局のところ、どれだけ痛かろうが腹の子をこの世に誕生させるしかないのだ。

それに、怖くもあるが、八雲と自分の子をいよいよ腕に抱けるのが楽しみでたまらないという様々な感情が入り混じった心境。痛みなく産めれば最高なのだけれど、苦労するからこそ愛《いと》おしさが増すような気もしている。

「そう、か。代わってやりたいが、すまない」

神妙な面持ちで頭を下げる八雲は、とてつもなく真面目な死神だ。

「謝らなくても。八雲さまがこうして私をいたわってくださるだけで十分です。……あっ」

下腹にかすかに鈍痛が走り、手で押さえて声をあげる。

「大丈夫か？　もう少しで着く。耐えられるか？」

「まだ平気です。これが陣痛というものだと楽しめるくらいですから」

楽しんでいるというのもおかしいけれど、千鶴は緊張の一方で出産という初めての経験に興味津々でもあった。

「楽しめるとは。お前の肝の据わり方はどうなっているのだ？」

八雲は目を瞠《みは》る。

その通りではあるけれど、この子は自分にしか守れないという母性のようなものがありし、不安と同じくらい期待もあるのだ。

「もうすぐ母になれるんです。だからでしょうか」

千鶴がお腹《なか》に手をやったまま話すと、八雲はその手に手を重ねる。

「私も父になるのだな。とても不思議だ」

つい最近まで誰かを愛おしく思う気持ちすらなかったのだから、そう言うのもうなずけた。

「旦那。このあたりですか?」

車夫が、人力車を引く速度を緩めて八雲に尋ねる。

「もう少し先に行ってくれ。その長屋のもうひとつ向こうだ」

子を宿しているとわかってから、何度も産婆のもとに通った。そのたびに八雲はついてきてくれて、すっかり産婆の家を記憶しているのだ。

人間の世では、出血を伴う出産は穢《けが》れと考える者が多い。しかも死の穢れより強く〝片足を棺桶《かんおけ》に突っ込んでいる〟と言われることすらある。そのため男は寄りつかず、湯を沸かすだけということもしばしばらしい。

普通であれば母や近所の女性などに手伝ってもらうが千鶴に頼れる者はおらず、産婆だけが頼みの綱。それをよくわかっている八雲は、産婆に当日はなにをしたらいいのか何度も確かめていた。

ところが、夫からそんな質問をされた経験がない産婆は驚き、『男には耐えられませんよ。卒倒しそうだ』と話していた。それでも八雲は、出産のときにはそばにいたいと望み、産婆から変わった人扱いをされている。

ただ、千鶴はとてもうれしかった。痛みに耐える覚悟はできている。けれど、怖くないわけではないからだ。

死の時刻が記された死者台帳を手に、毎日のように人間の魂を黄泉《よみ》へと導いている八雲は、千鶴も腹の子もこの出産で命を落とすことはないとわかっているはずだ。とはいえ、死神にわかるのは黄泉に旅立たないという事実だけ。寝たきりになってしまうことだって考えられるのだから、八雲の過剰な心配もうなずける。

産婆の家の前に到着すると、人力車を降りた八雲は、千鶴を抱えて古ぼけた戸を叩《たた》く。

「産気づいたのです。お願いします」

焦った声をあげる八雲を見て、誰が死神だと思うだろう。まるで人間と同じ。いや、魂の尊さをよく知る彼は、人間以上に慈悲深い。

千鶴があの神社で初めて彼に会ったときの凍えそうなほど冷たい視線はどこにもなく、今や黒目がちな瞳の奥には優しさの灯が見える。

しばらくすると、引き戸がカタンと音を立てて開き、産婆が姿を現した。

「よう来たね。とにかく中へ」

産婆は一番奥の部屋に案内してくれる。すでに出産に備えて藁《わら》を焼いた灰を詰めた灰布団が用意されていた。ここで産むのだ。

「狭いけど、しばらくここが千鶴さんの部屋だよ」

「ありがとうございます」

出産が穢れとされているため、産婦は子を産んだあと三十日ほどは部屋から出られない。ただ、千鶴の場合は自宅ではないため、問題なければお七夜くらいまでお世話になって屋敷に戻るつもりだ。

「陣痛の間隔は？」

「それほど短くありません」

八雲を部屋の外に出して、産婆はてきぱきと診察を始めた。

「まだ産まれそうにないね」

「そうなんですか？」

「初めての出産は時間がかかるんだよ。少なくとも半日は見ておいたほうがいい」

「半日……」

慌てて来たけれど、随分時間がかかるようだ。その間、痛みが続くと思うと少し憂《ゆう》鬱《うつ》な気分にもなる。

とはいえ、まださほど痛みは強くないし、陣痛の間隔も長い。半日後に赤子を抱いているかもしれないのが不思議でもあった。

「体力がいるからねぇ。今、お粥《かゆ》をこしらえるから食べなさい。……旦那さん、本当に一緒にいるつもり？」

産婆は障子の向こうにちらりと視線を送って尋ねる。

「はい。そう望んでいます。やはり珍しいんでしょうか」

「珍しいもなにも、産婆になってもう三十年近く経《た》つけど初めてだよ。まあ、普通は女手がもう少しあるから状況が違うけど、それにしたって。十年くらい前に駆け落ちしてきて誰も知り合いがいない人の子を取り上げたけど、そのときも旦那さんは一切かかわらなかったし」

たしかに、女学校時代には『出産は女の仕事』と散々聞かされたし、男性が立ち会うと出産が重くなるという人までいると耳にした。ただ、八雲さえ嫌でなければ一緒にいてほしい。彼がいると、心細さが半減するからだ。

「そうでしたか。主人には無理をしないようにと伝えてありますが、お邪魔でなければ私もいてほしくて」

正直に吐露すると、産婆は微笑《ほほえ》みながらうなずいた。

「それがいい。出産の大変なところを見てもらったほうが親としての実感が湧くだろうし。いい旦那さんだね」

「はい」

千鶴は、産婆が八雲を褒めるのがうれしかった。

産婆が作ってくれた粥には鰹節《かつおぶし》がかかっていて、昔母が作ってくれた粥を思い出す。自分も母親になると思うと信じられない気持ちでいっぱいだが、母のように家族を支えられる人間になりたい。

埼玉《さいたま》の両親はどうしているだろうか。

孫が産まれるというのに連絡もできない状況が苦しくもあるけれど、一度離れたあと八雲のもとに戻ると決めたときに、こうしたことは覚悟している。

『お母さま、力を貸してください』

千鶴は心の中で叫ぶ。

「千鶴、どうかしたのか？」

空になった器を手にしたまま黙り込んでいたからか、部屋に通された八雲が尋ねる。

「なんでもありません」

母のことを考えていたと打ち明けたら、八雲は死神を夫に持ったせいだと胸を痛めるに違いない。そう思った千鶴は、なんとかごまかした。

「不安だな。なにもできなくてすまない」

「違うんです」

そもそも子は女にしか産めないのだから、こうして寄り添ってくれるだけで十分だ。

「八雲さまのおそばにいられて幸せです」

千鶴は笑顔でそう伝えたものの、直後に陣痛がきて顔が険しくなる。

「ん……」

「千鶴？」

「大丈夫。まだ平気……」

千鶴は自分に言い聞かせるように言った。

月のもののときに感じる痛みより少し強いくらいだ。陣痛だと思うと身構えてしまうけれど、耐えられないほどではない。

「強がらなくていい」

「えっ？」

「私は、お前が好きなだけ甘えられるようにここにいる。そうでなければ、ただの役立たずだ。私の役割を奪わないでくれ」

意外すぎる八雲の言葉に、痛みの波が収まった千鶴の頬は緩む。

「そうですね。それでは……。八雲さま、手を握ってくださいますか？」

自分からこんなことを願うのは照れくさい。けれど、八雲に触れているととても落ち着く。

「もちろんだ。横になりなさい」

それから八雲は千鶴を寝かせ、大きな手で包み込んでくれた。


陣痛は次第に強くなっていくものの、産まれてくる兆しがない。産婆はそんなものだと笑っているが、初めての千鶴は焦りを感じていた。

「千鶴。つらいか?」

千鶴の額に浮かぶ汗を手拭いで拭う八雲は、眉間にしわを寄せる。痛みが来たときに彼の手を強く握ったからだろう。

「大丈……。つらいです」

気丈に振る舞おうとしたけれどやめた。八雲の役割を取るわけにはいかない。それに千鶴も、この不安な気持ちを明かすことで気持ちが少し楽になれる。

「してほしいことがあれば遠慮なく言いなさい」

「……八雲さま、楽しい話をしてくださいませんか?」

痛いと思っていると余計に痛みが増す。気を紛らわしたくてそう言うと、真面目な八雲は考え込んでしまった。

「やっぱりいいです」

つい最近まで感情を知らなかったうえ、死神として毎日人々の死に際に立ち会っている彼に、楽しい話を求めるのは酷だったかもしれない。

そう思って要求を引き下げたのに、八雲はおかしそうに口の端を上げて話し始めた。

「黙っていてほしいと言われたのだが……」

そんな前置きをする八雲の表情は、出会った頃とはまるで違い、とびきり柔らかい。

「浅彦《あさひこ》が、先日買い出しに行ったとき、求婚されたらしいのだ」

「え！　それで？」

驚きのあまり、声が大きくなる。

「もちろん断ったのだが……」

八雲は意味ありげに言葉を濁す。

すずを一途《いちず》に想《おも》う浅彦が別の女性からの求婚を断るのは必然だと言いたいのか、はたまた死神であるゆえ、人間との結婚を安易に選べないということなのか……。

「しばらく食い下がられたそうだ。いい歳《とし》をして妻もおらず、毎日のように買い物に来る。いつまでも母親の尻に敷かれているのはかわいそうだ。私が結婚してあげようと」

八雲の話に千鶴は目をぱちくりさせた。

子爵家の娘として育った千鶴には夫を選ぶ権利などなく、『結婚してあげよう』などという言葉が女性のほうから飛び出すのが信じられなかったのだ。

しかし、華族の婚姻についてしか詳しくは知らない。そうしたこともあるのかもしれない。

それにしても……母親の尻に敷かれているとは。

本来なら千鶴が買い出しに行くべきだが、生贄《いけにえ》となったことを知る人間に会ってはまずい。だから、小石川には軽々しく足を運べず浅彦に頼っている。それを〝母親に命じられて嫌とは言えない息子〟と認識されていると思うと滑稽《こっけい》で、笑いがこみ上げてくる。

「ふふふ。浅彦さん、従順な息子なのですね」

「どこが従順なのだ。余計なことをよくほざく」

八雲はそんなふうに言うけれど、浅彦が八雲の忠実な従者であるのは間違いないし、八雲ももちろんわかっているはずだ。

「その女性は、どこのどんな方なのですか？」

「いつも行く八百屋の娘だそうだ」

買い物は女が行くことが多いのに、いつも浅彦が来るから気になっていたのかもしれない。

千鶴は納得したが、八雲はなぜか含み笑いをしている。

「どうかされましたか？」

「その娘は、もうすぐ九つになるとか」

「十九ですか？」

「いや、九つだ」

思いがけない回答に、千鶴はとうとう噴き出した。

まだ八つの女児に『母親の尻に敷かれている』だの『結婚してあげる』だのと言われたときの浅彦の顔を想像してしまったのだ。

「……あっ、痛っ」

しかし次の瞬間、お腹に痛みが走って顔をしかめた。

「すまない」

「笑ったからではな……。んー」

むしろ、次の痛みはいつ来るのかと恐れずに済んだ。もっとしっかり八雲のせいではないと伝えたいのに、しばらく息をするので精いっぱいでなにも言えない。

「私の手を握れ」

千鶴は差し出された大きな手をしっかりと握った。

他愛もない会話ができていたのはその頃まで。次第に痛みが強くなり、それに耐えなければならない千鶴の口数が減ってきた。

しかし、産婆が部屋に行灯《あんどん》をつけてくれたとき、千鶴ははっとした。八雲は今晩も儀式があるはずだ。ここにいてはいけない。

産婆がいったん席を外したとき、千鶴は痛みに耐えながら口を開いた。

「八雲さま、屋敷にお戻りください。儀式……あっ」

下腹を強く絞られているような、それでいて腹の内側から強い力で叩かれ、骨盤が砕けてしまうのではないかと思うような激しい痛みに突然襲われ、言葉が続かない。

これまでの痛みとはまるで違う。出産までの段階をひとつ上がったかのようだ。

「千鶴。痛いのか？」

「儀式……」

千鶴はもう一度訴えた。

もちろん、八雲にここにいてもらえたらうれしい。けれど、人間の魂を黄泉に導くという重要な役割を担う死神の妻として、自分のわがままな気持ちで引きとめられない。

今晩の儀式の対象者が何人いるのか知らないし、もしかしたら浅彦ひとりで十分対処できる可能性もある。けれど、万が一にも悪霊を生み出すわけにはいかないのだ。八雲には死神としての役割を優先してもらいたい。

最後まで言えなかったものの、八雲は千鶴の胸の内を承知したはず。それなのに、手を握ったまま動こうとしない。

「八雲、さま……」

「千鶴が言いたいことはわかっている。だが、こんなに苦しそうなお前を放っては行けない」

たしかに、自分が逆の立場なら戸惑うだろう。けれども、八雲を死神だと知っていて嫁いだのだから、引き止めるべきではない。

千鶴は痛みに耐えながら体を八雲のほうに向ける。そしてようやく痛みが治まってきたところで笑顔を作った。

「陣痛が始まってから、少なくとも半日はかかるそうです。まだまだ産まれませんよ」

絶対ではないだろう。でも、そうとでも言わなければ八雲はここを離れる決断ができないと思った。

「しかし……」

「八雲さまがお戻りになるまで、元気に耐えてみせます。私は死神の妻なのですよ。見くびってもらっては困ります」

なんという大口を叩いているのかと自分でもあきれる。

本当はここにいてほしいし、耐える自信があるわけでもない。けれど、どうしても死神の責務だけは果たしてほしいのだ。彼ら死神は、人間のために動いているのだから。

「困った妻だ」

八雲は眉をひそめながら漏らす。そしてもう一度千鶴の手をしっかり握りなおした。

「わかった。すぐに戻ってくる」

「はい。お願いします」

うなずくと、八雲は名残惜しそうに千鶴を見つめてから出ていった。

八雲の存在の大きさを感じたのはそれからだ。

次の痛みが襲ってきたとき、今までは感じなかった不安が襲ってきた。

本当に自分に乗り切れるだろうか。

世の母は皆、当然のように新しい命をこの世に誕生させる。千鶴も欲しくてたまらなかった子だ。数分前まで〝乗り切ってみせる〟という強い意志がみなぎっていたのに、弱気になってしまった。

「あぁーっ、痛い」

今までは声も我慢できていたのに、それすら難しい。

「ずいぶん間隔が狭まってきたね。もう少しの辛抱だよ」

「あ、あとどれくらい……ですか？」

終わりの目安があれば耐えられる。そう思った千鶴は涙目で産婆に尋ねる。

「そうだねぇ。まだ子宮の出口が十分に開いてないんだ。朝までにはどうかなというところかな」

「あ、朝……？」

千鶴は目の前が真っ暗になった。あまりの痛さに、半刻も耐えれば産まれてくるのではないかと思っていたのだ。

もうすでに腰を大きな石でガツンと殴られたような衝撃を伴うひどい痛みがあるのに、朝までなんて耐えられるだろうか。いや、痛みはもっとひどくなる可能性もある。

「んーっ。あ……」

声にならない声をあげると、産婆が腰をさすってくれた。

「旦那さん、すぐに戻ってくるとおっしゃってたけど……」

「……私、私が用を頼ん……はっ」

出産を目前にして逃げたと思われては八雲の名誉にかかわると、千鶴は言い訳をする。

「用って……」

なんとかうまくごまかしたいが、この状況では頭が働かず、それ以上は言葉が出てこなかった。

「しっかり気を持って。まだまだかかる。千鶴さんが気を失ったら、この子は出てこられないよ」

産婆の言葉は厳しくもあるがその通り。手伝ってはもらえても、産むのは千鶴にしかできない。

それからはひたすらに唇を嚙《か》みしめていた。痛みで声を荒らげることはみっともないと言われているようだからだ。

ただ出産に関して百戦錬磨の産婆は、『人生で一番の大仕事をしているんだから、声をあげるくらいなんだと言うんだい。遠慮なく叫びなさい』と理解がある。とはいえ、他の女性の出産に立ち会ったことがないため、どの程度叫んでも恥ずかしくないのかわからなかった。

痛い、痛い、痛い……。

腹が爆《は》ぜるのではないかと思うような鋭い痛みは、千鶴の呼吸を速めていく。必死に声をこらえているからか、涙が出てきた。

八雲がいたときはもう少し心に余裕があったのに。痛みが増しているのは事実だけれど、彼が手を握ってくれていると安心した。

「うう……っ」

声を我慢しようにも唸《うな》り声《ごえ》がどうしても出る。産婆が腰のあたりを指で押してくれるも、痛みが強すぎて感覚が麻痺《まひ》してきた。

そのとき、かすかに玄関の戸が開いた音がした。気のせいだと思ったけれど、産婆も気づいたようで顔を向ける。

「どなた？　ちょっと待って」

産婆が大声で対応したものの、誰かが中に入ってくる足音がする。

「誰だろう。少しひとりで耐えられる？」

耐えられる気はしなかったけれど、反射的にうなずいた。しかし産婆が障子を開ける前にそれが開き、八雲が姿を現した。

つい寸刻前に出て行ったばかりの八雲が、ここにいるわけがない。まだ小石川にも着いていないだろう。とうとう幻まで見え始めたようだ。

『元気に耐えてみせます』と大見得を切ったのだから、踏ん張らなくては。

千鶴は遠のきそうになる意識を必死に呼び戻す。

「千鶴！」

すると今度は八雲の声らしき幻聴までする。

「八雲、さ……」

もう幻でもなんでもいい。彼にすがってしまいたい。

涙をこぼしながら八雲の名を口にすると、ふと手を握られた。これは産婆の手ではない。もっと大きくて力強くて……。

少し痛みが治まってきたところで目を大きく開くと、目の前にたしかに八雲がいる。どうやら本物のようだ。

「旦那さん、戻ってきてくれたよ。さて、私はお湯を沸かしてきますから、お願いしますね」

産婆は優しく微笑んでから出ていった。

「千鶴……。これほどまでに過酷だとは。すまない」

八雲が苦しめているわけでもないのに謝罪してくる。きっと、代わりたいのに代われないもどかしさのようなものがあるに違いない。

「どう、して？　儀式は？」

戻ってくるには早すぎる。まさか、気を失っていたのだろうか。いや、自分がみっともなく泣き叫ぶから心配で行けなかったのかもしれないと焦った。

「心配いらない。松葉《まつば》が私の気を察してやってきたのだ」

「松葉さん？」

どうしてだろう。自分が治める地域に足を踏み入れられるのが気に食わないのだろうか。

「千鶴が牛込で子を産むことは話してあったのだ。それで、小石川の台帳を持っていった」

「えっ？」

どういう意味なのか、疲弊している千鶴にはとっさに呑《の》み込めない。

死者台帳は死神にとって最も大切なものだ。そんなに大切なものを渡すなんて、やはり自分が泣き叫んで心配をかけたからに違いない。

「ごめんなさい。私……ん」

陣痛の間隔が短くなってきて、八雲とまともに話せる時間がわずかしかない。再び腹を引き裂かれるような鋭い痛みに襲われて、千鶴は奥歯を噛みしめた。

「腰を押すのだったな」

八雲は産婆から教わった痛みの逃がし方を試してくれる。産婆より手が大きく力もあるせいなのか、わずかに痛みが和らいでいった。いや、きっと八雲だからだ。彼がいてくれれば強くなれる。

「いた……」

「叫んでも構わないぞ」

痛いという言葉を呑み込んだことに気づいた八雲が気を回してくれるが、千鶴は首を振る。

乱れた髪が汗のせいで顔に張りつき、眉間にはずっとしわが寄っている。そのうえ、息が苦しくて口はだらしなく開いたままだ。これ以上醜態をさらしたくない。

「千鶴。私に甘えなさい。私にできるのはそれくらいしかない」

こうやってそばで励ましてくれるだけで十分なのに。

でも、八雲は甘えられるのを望んでいるのかもしれないと思った千鶴は、「手を」と懇願した。

「ここにある。しかと握れ」

千鶴は差し出された手をつかんで、必死に呼吸を繰り返す。

痛みの波が収まってくると、松葉の話をしていたと思い出した。

「松葉、さんは……?」

「松葉は千鶴の出産を知って、今日の小石川の儀式を代わると申し出てきたのだ」

「嘘《うそ》……」

想像もしなかった八雲の言葉に、千鶴は一気に正気に戻った。

「千鶴は見る目があるのだな。松葉は根っからの悪人ではないようだ。ただ、感情を失っていたとはいえ、儀式の折に浴びる罵声に心の奥のほうのなにかが反応していたのだろう。それで人間嫌いになり、人間のために丁寧に儀式をする私が気に食わなかったようだ」

千鶴は陣痛が激しくなってきてから初めて微笑むことができた。

「そうでしたか。よかった」

八雲が儀式より自分を優先したのではないかとやきもきしたが、ようやく気持ちが落ち着いた。

「ただ、浅彦は松葉が代行することを知らない。今頃驚いているだろうな」

「目に浮かびま……あっ、また……」

それ以降はまともな会話ができなくなった。千鶴の口からはうめき声と「痛い」という叫びのみ。八雲が何度も声をかけてくれたが、視線を合わせることすら難しいありさまだ。

そんな時間がどれくらい流れたのか。東の空が赤らみ始め、いつの間にか行灯の明かりは消されていた。

痛みに耐え続けた千鶴の体力は限界に近く、なにも考えられない。八雲に醜態をさらしたくないなどという意識があった頃は、まだ余裕があったようだ。

「下りてきたよ。そろそろ頑張りましょうか。旦那さん、千鶴さんを叩くなりなんなりして、気をしっかり持たせて」

「叩く？」

産婆の言葉に驚いた八雲は、どんな事態でも冷静に対処する死神らしからぬ弱々しい声を出す。すると産婆は丸眼鏡を外し、うなずいた。

「これから女の勝負が始まるんだ。あなたの子を命がけで産むんだよ。気を失っては母子ともに危険だ。そうなる前に叩きなさい。千鶴さんが子を、旦那さんが千鶴さんを守るんだ」

「わかりました」

覚悟を決めたような八雲の顔がちらりと見えたのが、はっきりと記憶に残っている最後の光景だった。

「いきんで！」

「あぁーっ」

「千鶴、千鶴！」

もう涙でなにも見えない。産婆と八雲の声が狭い部屋に共鳴している。

「千鶴、気をたしかに！」

何度か思いきりいきんだあと気が遠のきそうになったけれど、八雲に頬を軽く叩かれて我に返る。

「もう見えてきたよ。あとひと踏ん張りだ」

「産むの」

小声で言うと、八雲は千鶴の口元に耳を近づける。

「どうした？」

「この子は私が守る。八雲さまと私の子は、私が……」

「ああ、頼んだ」

「んんんーっ」

下腹部に力を入れると、産婆が体重をかけてお腹を押し始めた。

もう一度は無理だ。体力が残っていない。

そう感じた千鶴は八雲の手を握りしめ、渾身《こんしん》の力でいきんだ。すると、するっとなにかが引き出されたような感覚があり、体から力が抜ける。

「産まれた……」

「よく頑張ったね。男の子だよ」

産婆が赤子の背中をトントンと叩くと「ぎゃー」という想像よりずっとか細い泣き声が耳に届く。

「千鶴、ありがとう」

八雲の瞳が潤んでいるのを見た千鶴は、涙が止まらなくなる。けれどこれは先ほどまでの苦しみの涙とは違う。感激の涙だ。

「ありがとう」

そう繰り返す八雲の声が震えている。どんな凄惨な死に対峙《たいじ》しても顔色ひとつ変えないという彼が大粒の涙をこぼしているのが不思議で、しかしこんな感情豊かな夫と一緒にいられるのがうれしかった。

男児の誕生は、八雲によってすぐに屋敷の浅彦や一之助《いちのすけ》にも伝えられた。

もちろん大喜びで、特に一之助は弟ができたと、にまにましているらしい。

出産の日は松葉に儀式を代わってもらったが、翌日からは八雲が浅彦とともに行っている。一之助が屋敷でひとり寂しく眠っていると思うと早く帰りたい気持ちが募るものの、出産時の体への負担が想像以上に大きく、なかなか起き上がれないでいた。

産婆が言うには、安産だったらしいのだが、小柄な千鶴は腰の骨が狭くて相当無理をしたのだろうということだった。実際、産む際は骨が砕けたと思ったし、産んだあとも違和感が拭えない。大きく動くとミシッと音を立てて骨が折れてしまうのではないかと思うような恐怖が先立ち、動作がおそるおそるになる。

とはいえ、産まれてきた我が子はとんでもなくかわいく、出産にまったく後悔はない。母親にしてくれた子と八雲に感謝している。

「お世話になってすみません」

産後三日目の朝。産婆に湯で体を拭いてもらった千鶴は、頭を下げた。

「このくらい当然だ。昔から床上げまでは穢れた産婦は部屋から出てはいけないとか言われるけど、あれは女の知恵でもあると私は思ってるんだよ」

「どういうことですか？」

「部屋から出なければ、家事をしなくて済むだろう？　不自由だけど、体を休められる。この仕事をしていると穢れているなんてとんでもないと思うけど、それを理由に休んだらいい。厳しい姑《しゅうとめ》さんがいる家に出産の手伝いに行くときは、穢れた体で台所に立たせるとお荒神《こうじん》さんの怒りを買いますから、絶対にしてはなりませんよと言伝《ことづて》してから帰るんだ」

お荒神さんとは、火の神さまのことだ。

たしかに、これだけ大変な思いをして体力が戻らぬうちに働かされてはかなわない。

産婆はたくさんのお産を扱ってきたからこそ、いろいろ思うところがあるのだろう。

「まあ、あの旦那さんなら問題なさそうだけどね。まれにみるいい男だねぇ。出産から逃げないばかりか、足しげく通ってきて。使えない旦那なら部屋に入れないところだけど、あの人は別だ。……あっ、泣いてる。起きたようだね。連れてくるよ」

産婆が八雲を褒めるのがうれしくもあり、少し照れくさくもあった。けれど、その通りだ。儀式があるため夜はいないが、朝になるとここに通ってきて世話を焼いてくれる。

千鶴の耳にもかすかに泣き声が聞こえる。先ほどまで眠っていた千鶴の代わりに、産婆が子の世話をしてくれていたのだ。

すぐに産婆が子を連れてきてくれて、腕にしっかりと抱いた。

「おはよう。元気ね」

あれほど腹が大きかったのに、産まれてきた子は両手にのるほど小さくて驚いた。この小さな命が立派に成長するように母親として存分に愛を注ぎたい。

千鶴の腕に抱かれると泣き止《や》んだ子は、元気に手足を動かしている。

この子はやはり死神なのだろうか。たった一滴で様々な事象を起こす死神の血の影響力を思えば、おそらくそうに違いない。

そうであったとしても、戸惑いはない。すでにその覚悟は決まっているし、なにより八雲との間に子を授かれたことがうれしくてたまらないのだから。

千鶴は子の額にそっと唇を寄せて微笑む。

「産まれてきてくれてありがとう。幸せになろうね」

死神の役割が過酷でとんでもない責任を負っているのは知っている。けれど、それを滞りなくまっとうする八雲を尊敬してやまない。そんな父を持つこの子なら、強く生きていってくれるはずだ。

わだかまりを解く強い愛

お七夜の日。八雲が昼前に産婆の家を訪ねてきた。いつもなら儀式を終えて朝に顔を出し、子を抱いて幸せそうにあやしているのだが、今日は遅れた理由がある。まだ体力がすっかり回復しているとは言い難いが、問題なく生活できるようになったため屋敷に戻るのだ。そのためにいろいろと準備をしてくれたらしい。

「お世話になりました」

浅彦が朝から苦心して作ってくれたという赤飯と大きな鯛《たい》を持ってきた八雲は、産婆に手渡した。

「私にまで?」

「はい。千鶴と子の分はありますから」

「本当に気が利く旦那さんだね。皆こうだと幸せなのに」

昨晩、別の赤子を取り上げに行っていた彼女は、溜息《ためいき》をつきながらも笑顔だ。昨晩のお産は二人目の子だったらしいが、夫は無関心で上の子が母の近くをうろうろしていて困ったのだとか。せめて上の子の世話をしてくれればと苦い顔をして戻ってきたのだ。

「ありがたくちょうだいします。千鶴さん、なにかあればいつでも来て。多少は役に立つだろうから」

「はい。心強いです。ありがとうございました」

聞けば産婆は一度お産の経験があるものの、ひどい難産で子は亡くなってしまったそうだ。そのとき、『お前がしっかり産まないから死んだんだ』と夫に責められ、すぐに離縁。それから産婆になり、今に至るという。

そうした痛ましい経験があるからこそ妊産婦に寄り添う言葉が出てくるのだと納得した千鶴は、産婆のように広い心で様々なことを受け止められる人間になりたい、そしていつか自分のもとから旅立っていくだろう子が広い視野を持てるように、いろんな経験をさせてやりたいと感じた。

来たときと同じように、人力車に揺られる。けれど、帰りは我が子と一緒だ。

「一之助が首を長くして待っている。赤飯を食べすぎていなければいいのだが」

優しい表情の八雲が、千鶴が抱く子の頬にそっと触れながら話す。

「食べすぎているでしょうね。目に浮かびます」

とはいえ、そのくらいかわいいものだ。千鶴にべったりだったのに長い間離れて、会いたい気持ちをこらえていたのだから。

「子の名前なのだが……」

八雲が重要なことを話し始めた。人間はお七夜に名付けることが多いと話したら、そうしようと言っていたので考えたのだろう。

「浅彦が名には願いを込めるといいと話していたが、私にはさっぱりわからぬ。千鶴はなにか考えているのか？」

「はい。崇寛《たかひろ》はどうかと思っていたんです。八雲さまのように気高く、器が大きく育ちますようにという願いがこもっています」

産婆に話してみたら、とてもいいと褒めてもらえたのだけれど、八雲はどう感じただろう。

彼にちらりと視線を送ると、なぜかほんのり頬が赤く染まっている気がして首を傾《かし》げた。

「おかしい、でしょうか」

「いや、崇寛か。なかなかいい名だ」

八雲はそう口にするのに、視線を合わせてくれない。

「ひとつの案ですから、別の名でも」

「崇寛にしよう」

気に入らないのに気を使わせているのではないかと勘ぐった千鶴は、八雲の腕をそっと握る。

「八雲さま。私たちは夫婦なのです。胸に思うことがあればお話しください」

そう伝えると、ようやく目が合った。

「本当に、崇寛でいい。響きも気に入った」

「ですが、様子がおかしいですよ」

名はこれからずっと使うのだ。大切なことだから、きちんと話をしておきたい。

そう思った千鶴は、正直に話した。

「それは……。千鶴が私のことをそう思ってくれているのだと思ったら……恥ずかしくなったのだ」

八雲が苦言を呑み込んでいると勘違いしていた千鶴は、拍子抜けした。

「ふふっ。八雲さまって、こんなにご立派なのに時々かわいらしいことをおっしゃるんですね」

威厳ある死神にかわいらしいとは失礼だったかもしれない。とはいえ、その言葉がしっくりくる。

「な、なんだ。あまり見るでない」

八雲の顔をまじまじと見ていると、耳が赤くなってきたのが微笑ましくて笑みがこぼれる。

「当然ですよ。私がどれだけ八雲さまに助けられてきたか。崇寛も八雲さまの背中を見て育つのです。きっと器の大きな子になります」

千鶴はそう確信している。

育児は不安だらけだし、どう育てるのが正解なのかもわからない。母としての自分にまったく自信はないけれど、八雲の庇護《ひご》のもとで育つこの子は、間違いなく立派になる。そんな確信が千鶴にはある。

「まったく。千鶴にはまいる。しかし……」

照れていたはずの八雲が、妙に艶やかな視線で見つめてくるので、今度は千鶴の頬が上気していく。

「お前の言葉には何度も救われてきた。私を理解してくれてありがとう」

車夫に聞こえているため、あまり細かなことは言えない。けれど、〝死神としての私〟であると伝わってきた。

「とんでもない。これからもよろしくお願いします」

「ああ、もちろんだ」

八雲に手を強く握られて、千鶴は改めて自分の夫の素晴らしさを嚙みしめた。

崇寛を抱いて神社に立ち、すーっと息を吸い込む。

ここは八雲と千鶴が始まった場所だ。悲しい始まりではあったけれど、こうして宝物を腕に抱けるまでになった。

「酒が供えられている。浅彦が飲むだろう。持って帰ろう」

古ぼけた社には、賽銭《さいせん》の他に時々供え物がある。とある酒造の徳利《とっくり》に入った酒は浅彦のお気に入り。ただ、好きなくせにすぐに酔ってしまうので、たくさんは飲めないようだ。けれど、彼にとっても新しい家族を迎える今日は、祝いの酒として楽しんでほしい。

八雲に腰を抱かれた千鶴は、神社の裏手から死神の屋敷へと向かう。何度も通った道なのに、腕に崇寛がいるだけで気分が違う。なんとなく背筋が伸びるのは、母として歩きだしたという責任の重さと、崇寛が死神であれば彼もこうして人間の世と行き来し、死神としての役割をまっとうするのだろうなという引き締まる気持ちが交錯しているからだ。

昨晩少し降った雨のせいで、柔らかな若草色の葉に残る水滴が太陽の光を反射してきらめいている。死をつかさどる死神の館に赴くのに、生命力がみなぎるのを感じるのはおかしいだろうか。

たった八日留守にしただけなのに、とても新鮮な気持ちで門へと向かう。するとガタンと大きな音を立ててそれが開き、弾《はじ》けた笑みを見せる一之助が駆け出してきた。

「千鶴さまぁ！」

感動の再会と言うと少し大げさかもしれない。しかし千鶴がいない間弱音も吐かず、ただ戻るのを指折り数えていたという彼の笑顔が本当にかわいくて、八雲に崇寛を預けてから、胸に飛び込んでくる一之助をしっかりと抱きしめた。

「ただいま、一之助くん」

「千鶴さま、千鶴さま」

着物にしがみつき、存在を確認するかのように何度も千鶴の名を呼ぶ一之助は、やはり寂しさを胸の奥に畳んで耐えていたのだろう。

「お留守番、ありがとうね」

千鶴が声をかけると、一之助はようやく離れ、得意げな顔を見せる。

「お兄さんだもん！」

「そうね、お兄さん。弟の崇寛です」

千鶴の声に合わせて八雲が少し腰を折り、崇寛を一之助に見せる。最初はおそるおそる抱いていた八雲だが、産婆の家にいる間、何度も抱いて世話をしていたのですでに手馴《てな》れていて動作が自然だ。

崇寛は人力車の程よい揺れのおかげか、はたまた頬を撫《な》でる暖かな南風が心地よかったのか、先ほどから眠っていて少し残念だ。

最初は崇寛を不思議そうに見ていた一之助だが、崇寛の口元が少し動いたのをきっかけに満面の笑みを見せる。

「お名前決まったの？」

「そう。ついさっき」

一之助と会話をしていると、浅彦も近づいてきた。

「千鶴さま、おめでとうございます」

「ありがとうございます。私がいない間、ご面倒をおかけして申し訳ありません」

浅彦は家事に一之助の相手に、そして儀式にと走り通しだったはずだ。お礼を口にすると、浅彦は笑みをたたえて首を振る。

「お忘れですか？　千鶴さまがいらっしゃる前と同じです。それどころか、一之助がたくさん手伝いをしてくれたので助かりました」

「そうですか。一之助くん、ありがとう」

幼い子供のやることだ。浅彦の負担がそれほど減ったとは思えないけれど、一之助の手伝おうという気持ちがうれしい。ずいぶん成長したなとうれしくなった千鶴は、自慢げな表情を浮かべる一之助をもう一度抱きしめた。

「八雲さま」

「息子の崇寛だ。お前は兄ではおかしいな。おじさんあたりか」

「そこは兄でいいのではございませんか？」

むきになって反論する浅彦がおかしい。いつもの光景にしばらく張りつめていた千鶴の気持ちも緩む。

しかも、八雲が浅彦を見て口の端を上げているのが千鶴はうれしかった。もうほぼ感情が戻っていると言っていい。八雲は八雲自身をすっかり取り戻したのだ。

「崇寛さま」

浅彦が崇寛の顔を覗《のぞ》き込みながら彼の名に〝さま〟という敬称をつけたのは、主の息子だからだろう。けれど千鶴が不自然に感じていると、八雲が口を開いた。

「崇寛でかまわん。一之助と同じだ。特別扱いするつもりはない。一之助も崇寛も我が家族だ」

八雲が自身の子である崇寛と一之助を区別することなく大切に思っているとわかって、感慨深い。もちろん千鶴も一之助を自分の子だと思って接しているし、これからもそうするつもりだ。だからこそ、崇寛だけに敬称をつけてほしくなかったのだが、八雲も同じ気持ちだと知り、安心した。

「そう、ですね。家族ですね」

浅彦は一之助の頭を撫でながら、納得したようにうなずいている。

「一応お前も付け足すか……」

「えっ。私は家族に入ってなかったんですか？　先ほどの感動を返してください」

浅彦は八雲の言葉に口を尖《とが》らせるが、当然八雲は家族だと思っているはずだ。そして浅彦にもその気持ちは伝わっている。これはただの照れ隠しだ。

「ところで浅彦、千鶴の部屋の準備は――」

「もちろんできております」

意気揚々と答える浅彦も、笑顔が弾けている。

「千鶴さま、お赤飯あるよー」

「そうよね。楽しみにしていたの。一之助くんは食べたんでしょう？」

「うん、食べすぎちゃった。でも、千鶴さまと崇寛と一緒に食べるの！」

やっぱり食べすぎたんだと八雲と顔を見合わせつつ、まだ食べられないとわかっている崇寛への配慮までしてくれる一之助の優しさにほっこりする。

「そうね。そうしよう。浅彦さん、ご用意ありがとうございました」

「今日は祝いの日ですから。八雲さま、お酒を買ってきてくださったんですか？」

浅彦は崇寛を抱くときに八雲が地面に置いた徳利に視線を送って問う。

「いや、供えてあったのだ」

「そういえばその徳利、見覚えがありますね。同じ方が供えてくださっているんでしょうか」

「そうかもしれない。ありがたくいただこう」

死神が人間にもたらす影響について考えると、とても供え物や賽銭では足りない。けれど八雲も浅彦も、『ありがたい』といつも漏らす。そんな心温かい彼らと家族でいられるのは千鶴の自慢だ。

「はい。一之助、千鶴さまと崇寛を先に部屋に案内して。帰ってこられてうれしいからって、負担をかけてはならないぞ」

「はぁーい」

一之助は浅彦に元気に返事をするものの、視線はずっと崇寛に向いたままだ。

「聞いてるのか？」

「はーい！」

聞いてはいるが、内容については理解していないようだ。きっと一之助の頭の中は崇寛のことでいっぱいで、浅彦の話を処理する余裕などないに違いない。

「千鶴は私が連れていく。浅彦は食事の準備を」

「かしこまりました」

浅彦は苦笑しながらすぐに屋敷に入っていった。

産婆の家で過ごした北西の部屋とは違い南向きの千鶴の部屋は、太陽の光が降り注いでいて、それだけで力がみなぎってくる。

そろそろ五月雨《さみだれ》が降り続く季節となるけれど、今日はよい天気となりそうだ。

少し疲れた千鶴は八雲が促すままに布団に入ったが、一之助はそばを離れない。よほど帰ってきたのがうれしいのか、にこにこと笑顔を絶やさず、せわしなく千鶴と八雲に抱かれた崇寛の顔を見ていた。

「一之助、崇寛に触れてみるか？」

「いいの？」

「ああ。抱くのはまだ難しいが、触れるのは構わない」

八雲も最初はおっかなびっくりで、崇寛の指に触れるところから始まった。しかし手も大きく力もあるせいか、今では千鶴よりうまく抱けている。

「……ちょうど起きたようだ」

崇寛は目を開き、まだ眠いのか鼻を膨らませて小さな口を大きく開き、あくびをする。こんなに小さくても、もしかしたら死神であっても、自分たちと変わらない様子に、千鶴の顔は自然とほころぶ。

「お兄さんだよ」

一之助は自己紹介するようにそう言ったあと、崇寛の手に触れるのかと思いきや、いきなり頬に触れた。

「おおっ」

そして目を真ん丸にして歓声を上げる。八雲よりずっと大胆だ。

「どうしたの？」

「温かいの」

千鶴が尋ねるとそんな答えで、八雲と目を合わせて笑ってしまった。

「そうよ。お人形じゃないもの」

「そっかー。あれ？　また寝ちゃった」

「赤ちゃんはたくさん寝るんだよ。また起きたら触ってあげて」

千鶴が言うと、一之助は「うん」と元気に返事をした。


五人での生活を始めてから、あっという間に半月が過ぎた。

死神の館には、千鶴がここにやってきたばかりのときの殺伐《さつばつ》とした空気はどこにもない。とはいえ、崇寛から片時も目が離せず、想像以上に大変だった。お乳も二、三時間おきに飲ませなければならないため、夜もまともに眠れない千鶴はげっそりと痩せてきてしまった。

「千鶴、もっと食べなさい」

朝食の折に、千鶴の箸が止まっているのに気づいた八雲が声をかけてくる。

「あっ、すみません」

座ったまま、半分寝ていた。昨晩は崇寛がなかなか寝付いてくれず、ずっと抱いてあやしていたからだ。

「一之助はどうした？　お前も元気がないな」

次に八雲は一之助にも指摘する。視線をやると、いつもならあっという間に平らげるのに、大好きな芋粥が半分ほど残っていた。

「一之助。千鶴さまの味がよいのはわかっている。少し我慢してくれ」

浅彦が眉をひそめる。崇寛を生んでから、食事の支度はほとんど彼がしてくれるのだ。千鶴はとても助かっているのだけれど、一之助は今までの習慣がなくなり戸惑っているのかもしれない。

とはいえ、浅彦の料理の腕はずいぶん上がっていて、たしかに少々塩気が足りない気もするが、よく味わわなければわからない程度の違いであり、とてもおいしい。

「もう、いっぱい我慢してるもん！」

一之助は箸を乱暴に座卓に投げつけて出ていってしまった。その音で、千鶴の隣で眠っていた崇寛が起きて、泣き始める。

「起こしてごめんね」

千鶴は慌てて崇寛を抱き上げてあやしたけれど、一之助が気になった。

「八雲さま。申し訳ありませんが、崇寛をお願いできますか？」

昨晩は儀式が多く、ふたりは東の空が白み始める頃にようやく戻ってきた。

死神は食事も睡眠も必要としないけれど、儀式のときの心労は計り知れない。できれば少し休む時間をもうけたかったが、すぐに手伝ってもらう羽目になり心苦しい。

「もちろんだ。崇寛は私の子でもあるのだから、申し訳なくなどない」

食事を途中で止め、千鶴の隣に来て崇寛を預かる八雲の表情は柔らかい。崇寛が生まれてからその優しさがいっそう際立っている。

「はい。一之助くんのところに行ってきますね」

「申し訳ありません。私の料理がもっとうまければいいのに」

浅彦は肩を落とすものの、一之助は料理の味が気に入らないわけではなさそうだ。

「いえ。お疲れなのに作ってくださって、すごく助かっているんです。一之助くんは、私にもっと構ってほしいだけだと思います。どうしても崇寛に手がかかりますから」

乳をやる回数も多いし、一之助と遊んでいても崇寛が泣けばそちらに行かなければならない。

千鶴はできる限りかかわっているつもりでも、一之助は『いっぱい我慢してる』状態なのだろう。

出産の際に命を落とす産婦も多いが、無事に生まれてきても病などで命を落とす子も多い。崇寛が死神であれば死ぬことはないけれど、病やけがで苦しむ可能性はある。

自分ではなにもできない赤子を守るのが母の責務であり、そうした苦しみを味わわなくていいようにできるだけ配慮するものだ。

そのため今は、一之助より崇寛を見ている時間のほうが長いし、夜も何度も目覚める崇寛に合わせて一之助とは部屋を別にしている。

しっかりしてきたとはいえ、一之助もまだ子供。そうしたことを理解しているつもりでも、寂しさを持て余しているのだろう。

千鶴は八雲たちに軽く会釈をしてから一之助がいる奥座敷へと急いだ。

今朝は黒南風《くろはえ》が強く、庭の片隅で花開く紫陽花《あじさい》が揺れ動いている。若葉を芽吹かせる木々もざわざわと音を立て、少々不気味だ。

雲が広がる暗い空のせいか鬱々《うつうつ》とした気持ちにもなる。それが一之助の不機嫌に拍車をかけているのかもしれない。

「一之助くん」

障子を開ける前に廊下から声をかける。しかし物音ひとつせず、どうしたものかと考えあぐねた。

「一之助くん、少しお手伝いしてほしいの。芋の飴炊《あめだ》きを作ろうと思うのだけど……」

浅彦が以前手に入れてきたさつまいもの菓子は、一之助の大好物になった。甘くてほくほくしたそれは、子供なら皆好きだろう。それを見よう見まねで作ったら大喜びしたのを思い出したのだ。

今は無理に引っ張り出すより、楽しい時間を共有しようと考えての提案だった。

部屋の中はなんの変化もなかったけれど、しばらくすると畳を踏みしめる足音が聞こえてくる。出会ったばかりの頃は歩幅も小さく、パタパタという軽快な音だったが、今は歩幅も広がり少し重厚になった。成長は早いものだ。

やがて障子に一之助の影が映り、すーっと開く。

一之助は相変わらず難しい顔をしていて、視線を合わせてくれない。けれど千鶴は、障子が開いたことで、完全に壁ができているわけではないと安心した。

「行こう」

手を出すと、素直に握ってくれる。まだ千鶴の手のひらにすっぽり収まるほどの小さな手は、千鶴の手をしっかりと握った。まるでもう逃がさないと言っているかのようだ。

台所に向かう途中で、崇寛の泣き声が聞こえてくる。おしめは浅彦も取り替えてくれるし、八雲も進んでする。けれど、お乳を与えることだけは千鶴にしかできない。起きたてでお乳が飲みたいのかもしれないと推察したものの、一之助の手を放せなかった。

台所で、早速さつまいもの準備を始める。

「これ大きいね。これで作ろうか」

いまだひと言も発しない一之助だけれど、顔からこわばりが抜けた。ただ、崇寛の泣き声は一向に収まらず、八雲たちが四苦八苦しているのが目に浮かんで、千鶴は気が気でない。

「一之助くん、お芋をきれいに洗ってくれる？」

千鶴はたらいに水を用意して一之助に頼んだ。すると彼はようやくうなずいて芋をごしごしと力強く洗い始める。

「お芋、おいしいわよね。いくらでも食べられるから困ってしまうわ」

努めて明るく話しかける千鶴だったが、耳は崇寛の泣き声に向いていた。

次第に大きくなっていくそれは、お乳をせがんでいるように聞こえる。おしめを替えて抱いてやれば、いつもはしばらくすると泣き止むからだ。

「きれいになったわね。切るのは危ないから私がやるわね」

洗った芋を受け取ろうとすると、一之助が顔をゆがめる。

「崇寛のところに行けばいいのに！」

そしてそう叫んだあと、駆けていってしまった。

「一之助くん！」

名を呼んだものの、追いかけられなかった。たしかに意識が崇寛に向いていたからだ。幼い頃、つらい経験をしてきた一之助が、心の機微に敏感なのはわかっていたのに、彼に集中してやれなかった。

「ごめんね」

決して傷つけるつもりなどなかったけれど、結果として彼の心に深い傷を作ってしまったかもしれない。

崇寛がここにきて、千鶴だけでなく皆の生活が一変した。誰もがなにかしら我慢を重ねているはずだ。しかし幼い一之助にこれ以上の我慢を強いるのは酷だろう。

といっても、崇寛は手をかけてやらなければすぐに弱ってしまう。

「どうしたら……」

まさか、一之助のほうの子育てに悩まされるとは思わなかったが、自分に向いていた愛が半減、いやそれ以上に減ったと感じているならば、仕方がないところもある。

今一之助のところに行ってもなにも解決しない気がして、千鶴はいったん崇寛のところに向かった。

崇寛はやはりお乳の要求で、飲ませるとすぐに機嫌がよくなり、再び眠りに落ちていった。

「待たせてごめんね、崇寛」

崇寛に小声で語りかけながらも、一之助が気になり落ち着かない。八雲と浅彦に相談すると、ふたりは考え込んだ。

「私がもう少し一之助の相手をしてやればいいかもしれません」

浅彦はそう言うけれど、一之助は千鶴に相手になってほしいのだ。

「正直、相手をする時間の長さではないと思います。自分に視線が向いているかどうかを敏感に察知しているんです。さっきも、一之助くんと芋を洗いながらも崇寛が気になっていることに勘づかれてしまって。一之助くんに集中すべきでした」

千鶴の反省に、八雲が口を開く。

「崇寛に手がかかるのは仕方がない。だから、千鶴が気に病むことはないが、一之助が心の機微を感じ取っているのはその通りかもしれぬ。注がれる愛は、無意識に感じ取るものだ。昨晩も見ただろう？」

八雲は浅彦に尋ねた。儀式でなにかあったのかもしれない。

「そうですね……。あの親子は仲睦《なかむつ》まじいと思われていたんでしょうね。でも、違った」

浅彦は残念そうに肩を落とす。

「どうされたのですか？」

千鶴が問うと、八雲は小さな溜息を落とす。

「昨晩は病の女性を見送った。その女性には二十二になる息子と十九の娘がいるのだが、妹は看病を拒んだらしい。どうやら母は、外では兄妹《きょうだい》を同じように扱っていたものの、家でかわいがるのは跡取りの兄だけ。口に出しはしなかったようだが、妹は自分に愛が向いていないとわかっていたのだ。母が弱って看病をせがんだとき、『なんで私が』と、周囲を驚かせたとか」

八雲がそこまで話すと浅彦が続ける。

「もう最期が近いと集まった親戚は、『かわいがってもらったのに、なんと冷たい』と妹を責めたのです。でも妹はすがすがしい顔で『かわいがってもらったことなどありません』とぴしゃりと言ってのけました。かといって、一之助のように虐《しいた》げられていたわけでもない。だから周囲は気づかなかったのです」

衣食住に関して子らに不自由させなかった母は、それでいいと思っていたのかもしれない。でも、兄に愛情を注ぐ姿を目の前で見せつけられて、それが自分にないと悟ったときはつらかっただろう。

「一之助くんを愛してないわけでは……」

実の子だと思って接している。

「わかっている。一之助は今まで千鶴の愛をひとり占めできていたのに崇寛に取られた気がしているのだ。私たちは、一之助への千鶴の愛を疑ったことなどない」

八雲は千鶴の手を握り、励ますように言った。

「千鶴さまが一之助を大切に思われているのは、私から見てもよくわかります。一之助は少し拗《す》ねているのです。千鶴さまが帰ってこられてうれしさを爆発させたのに、今まで通りにはいかなくて戸惑っているのでしょう。私が一之助と話してきます。大丈夫ですよ」

浅彦は千鶴を安心させるかのように微笑んで、部屋を出ていった。

「一之助くんに、つらい思いをさせるなんて……」

もちろん、愛しているしかわいい存在だ。でも、崇寛を生むことで頭がいっぱいだったことには違いなく、もしかしたら牛込に行く前から寂しく感じていたのかもしれない。

子が生まれてくるまでの我慢と思っていたのに、生まれてからのほうが寂しくなり、もう我慢が利かなくなったのだろう。

「心配するな。一之助は話せばわかる子だ。ただ、他の子より愛を失うことへの恐怖が強いだけ」

それには千鶴も同意する。最期に実母からの愛を感じ取ったとはいえ、その直後に旅立ってしまった。もう二度と失いたくないという強い気持ちがあるのは理解できる。

「そうですね。焦っても仕方ないのかも。時間をかけてわかってもらいます。だって、大好きなんですもの」

自分の血を引く崇寛が生まれても、一之助への愛情が薄れたわけではまったくない。それを伝え続けていくしかない。

「ようやく笑顔が戻ったな」

「あ……」

育児疲れもあったため、最近は笑えていなかったかもしれないと反省した。これほど八雲や浅彦が手を貸してくれているのに、目の前のやるべきことに必死で笑う余裕がないのだ。

「すみません。情けないですね、私。皆、きちんと母親をしているのに」

どんな母親も通る道なのに、屋敷に戻ってたった半月でこんなに疲弊してしまうとは、恥ずかしい。

「千鶴は十分母親をできている。ただお前は……」

八雲はなぜか千鶴の腰を抱き寄せ、頭を自分の肩に寄りかからせた。

「なんでも完璧にしないと気が済まない性分なのだ。崇寛が少し泣いていたって、すぐに泣き止ませる必要はない。一之助がふてくされているからといって、慌てて解決しようとしなくていい。お前はいつも自分を犠牲にする。しかも無意識にだから質《たち》が悪い」

八雲はあきれたように言い、千鶴の頭を優しく撫でる。

「まだ子を生んだばかりで体が万全ではないのだ。頼むから、自分も大切にしてくれ。千鶴が倒れたら、この屋敷の全員がどうしたらいいかわからなくなる。まあ、その筆頭は私だが」

八雲はばつの悪そうな顔をするけれど、自分をいたわってくれる優しさに触れて千鶴の心は穏やかになっていく。

「気をつけます。……八雲さま、崇寛が起きるまで少し眠ってもいいですか？」

千鶴はようやくわがままが言えた。

八雲や浅彦に睡眠が必要ないのは知っている。けれど、日中は育児を手伝い、夜は死神としての責務を果たすふたりを見ていたら、寝足りないので眠りたいとは言えなかったのだ。

「もちろんだ。私が気づくべきだった」

八雲は千鶴にぐっすり眠っている崇寛を抱かせたと思うと、千鶴ごと軽々と抱き上げる。

「どうされたのですか？」

「たまには甘やかされなさい」

どうやら千鶴の部屋まで連れていってくれるようだ。過保護な八雲の行為が照れくさくもあり、うれしくもある。

部屋に敷いたままになっている布団に千鶴を寝かせた八雲は、その隣に崇寛も寝かせ、自分も横になる。

「安心して好きなだけ眠りなさい。一之助のことも崇寛のこともなにも心配いらない」

疲れきった心を包み込むような優しい声は、とても心地よい。

「はい。おやすみなさい」

「うん、おやすみ」

八雲にそっと頬を撫でられたのは覚えているが、直後すとんと記憶が途絶えた。

それから十日。一之助の不機嫌は一向に直らない。ただ、千鶴を避けていた最初の頃とは違い、話しかけてくるようになった。

しかし、一之助の言葉には棘《とげ》があり、わざと千鶴を困らせるようなことを口にする。

「だめ！　千鶴さまは僕と遊ぶの。崇寛は八雲さまがいるでしょ！」

崇寛の濡《ぬ》れたおしめを取り替えようとすると、一之助がすっと寄ってきて千鶴の手を引く。

「すぐに終わるから、ちょっと待っててね」

「だめ！」

一向に聞く耳を持たない一之助に、浅彦があきれている。

「千鶴さま、崇寛のおしめは私が。一之助、千鶴さまを困らせ――」

「浅彦さまなんて嫌い！」

一之助は浅彦にも嚙みつく。

寂しさを胸に秘めていることを知っている千鶴は、一之助をなかなか強くたしなめられない。その代わり、浅彦があれこれ言い聞かせようとするため、どうしても口うるさくなる。

ここ数日、浅彦が話しかけても、たーっと逃げていく姿を何度か見かけた。

「一之助くん、浅彦さんは――」

「千鶴さまも嫌い！」

顔をくしゃくしゃにゆがめる一之助は、あっという間に部屋を出ていってしまった。

「まったく。少し放っておきましょう」

「でも……。崇寛をお願いします」

涙目だった一之助を放ってはおけず、千鶴は追いかけた。

彼がいつも眠る部屋の障子が少し開いているのをみつけた千鶴は、中を覗いた。すると一之助が肩を揺らして泣いている。

「一之助くん」

声をかけると、ビクッと反応した一之助は慌てて涙を拭った。

その姿が健気《けなげ》で、胸が痛い。彼だってわがままを言って困らせたいわけではないのだ。ただ、寂しくて不安で……自分でもその気持ちを持て余しているのだろう。

千鶴は部屋に入り、一之助を抱きしめた。

「ごめんね」

「千鶴さまなんて嫌い！」

一之助は嫌いと繰り返す。けれど、千鶴には『好き』としか聞こえない。

「ごめんね」

もう一度謝ったが、一之助は千鶴の胸を押し返し、逃げていってしまった。

「一之助くん！」

しかも今度は縁側から裸足《はだし》のまま庭に駆け下りる。

降り続く翠雨《すいう》のせいでぬかるんだ庭の片隅に駆けていった一之助は、その場に座り込んでうつむいてしまった。

「一之助くん、濡れては風邪をひきます。戻ってきて」

「一之助、お前はまたわがままを！」

庭に下りていこうとした千鶴を止めたのは、様子をうかがいに来た浅彦だ。代わりに彼が連れ戻しに行こうとするので、今度は千鶴が止めた。

「私が」

「ですが！」

「お願い、行かせてください」

一之助は千鶴が追いかけてくるのを期待しているのだから、浅彦ではだめなのだ。

「承知……しました。今、傘を」

浅彦はしぶしぶ納得して傘を取りに行ったが、待っていられない。一之助の涙を隠すように降り続く大粒の雨が、彼を溶かしてしまいそうだった。

千鶴も足袋のまま庭に下りて近づいていく。

「一之助くん」

そして声をかけると、彼ははっとして千鶴を見つめた。顔をゆがめて泣いているのに、どこかうれしそうな複雑な表情を浮かべる。

千鶴は彼の前にしゃがみ込み、まっすぐに見つめて口を開いた。

「寂しい思いをさせてごめんね。でも、一之助くんを一度だって嫌いになったことなんてないの」

幼い頃、一之助の心に刺さった棘は、まだ抜けていないのだ。いくら実母に抱きしめてもらえても、その棘はずっと彼を悩ませている。

きっと自信がないのだ。愛される自信が。

その気持ちがよくわかるだけに、わがままだと切り捨てられない。

瞳を潤ませる彼のふっくらした頰に、冷たい雨が突き刺さる。それを見ていられな
くなった千鶴は、抱きしめた。

「このお屋敷に来て、一之助くんに会えて本当によかった。もちろん、崇寛は大事よ。でも一之助くんも同じように大事」

千鶴がそう言ったとき、体にぶつかる雨が止んだ。ふと見上げると、八雲が千鶴と一之助に傘を差しだしている。

「一之助」

八雲が低い声で名を呼ぶと、一之助は体を固くした。千鶴を困らせているという自覚があって、叱られるのがわかっているのかもしれない。

「お前は私たちの大事な息子だ。だからこそ叱らなければならん。幼くして黄泉に旅立つ者はたくさんいる。生きているお前が冷たい雨に打たれて体を大切にしないのは、ただのわがままだ。お前への千鶴の愛は本当に薄れているのか？　よく考えなさい」

八雲は珍しく強い口調で言う。

しかし、体を大切にしないことをわがままだと責めても、千鶴の愛を疑う態度については、『考えなさい』と促すだけ。八雲も一之助の苦しい胸の内をよく理解しているのだ。

「お家に入りましょうね。体が冷えてしまったわ。浅彦さんにお風呂を準備してもらわなくちゃ」

千鶴が話しかけると、一之助は素直にうなずいた。

その晩、一之助を寝かせようと彼の部屋に行って同じ布団に入ったけれど、別の部屋で寝ていた崇寛がすぐに泣きだしてしまった。

八雲も浅彦も儀式のため屋敷におらず崇寛を託せなくて困っていると、一之助が千鶴にぎゅっと抱きついてくる。行かないでという意思表示だろう。

「千鶴さま、行っていいよ」

それなのに、意外な申し出がありひどく驚く。必死に自分の気持ちを押し殺しているのだと思うと切なく、抱きしめ返した。

「一之助くん。崇寛、ちょっと抱っこしてあげると寝ると思うの。ここに連れてきてもいい？　うるさいかしら」

夜中、崇寛は何度も起きるため、一之助の睡眠を妨げてはいけないと、別の部屋で休んでいた。けれど一之助の心が悲鳴を上げている今日は、一緒にいたほうがいいと判断したのだ。

「ううん、うるさくないよ。一緒がいい」

「そう。それじゃあ、おしめを替えたらすぐに連れてくるから待ってて」

そう話したのに、一之助もむくっと起き上がる。

「どうしたの？」

「僕も行く」

「お迎えに行ってくれるの？　優しいのね、ありがとう」

短時間でも離れるのが嫌なのだろう。一之助がここまでつらい思いをしているとは思いもよらず、申し訳ないことをした。

一之助と手をつないで崇寛がいる部屋に行き、抱き上げる。すると安心したように泣き止む様子を見て、一之助も崇寛と同じだと思った。

生まれたばかりの子は、泣いて意思表示をする以外はなにもできない。だからこそ、気がついてもらえるまで声がかれようとも泣き続けるし、それを解消してくれる存在に安心するのだろう。

一之助はひとりであれこれできるようになったとはいえ、まだ子供。過剰なまでにあった庇護が突然なくなり不安でたまらず、わがままを言って自分のほうに目を向けさせるのは、生きるための本能かもしれない。

千鶴が濡れたおしめを替えていると、一之助は崇寛をじっと観察している。

「僕もこんなに小さかったのかなぁ」

「そうよ」

「僕のお話わかるの？」

「ちゃんと聞こえてるはず。お話できるようになるのはずっと先だけど、たくさん話しかけてあげてね」

崇寛に対して敵対心むき出しだと思っていたが、実はそうでもないのかもしれない。すごく気になっているのに、千鶴が自分を見てくれないから嫌いな振りをしているだけなのだ、きっと。

「そっかぁ。……僕のこと、嫌いになっちゃうかな」

一之助がぼそりとつぶやくので、千鶴は首を横に振った。意地悪な言葉を口にしていると気づいている一之助は、崇寛に声が届いていると知って心配しているのだ。

「嫌いになんてならないわ。だって、一之助くんはとっても優しいもの」

「ううん。僕、優しくない」

しょげる一之助を見ていると、胸が痛い。彼の心の中ではいろんな感情が交錯しているのだろう。

「一之助くんが優しいことは、私がよく知ってるわ。それなのに、我慢ばかりさせてごめんね」

千鶴が改めて謝ると、一之助が胸に飛び込んできた。

その晩は、泣き止んだ崇寛と一之助と三人で眠りについた。千鶴の右腕につかまって寝息を立てる一之助は、穏やかな顔をしている。

彼の小さな胸は、どれだけ痛んだのだろう。八雲の言う通り、複雑な生い立ちから『他の子より愛を失うことへの恐怖が強い』のは仕方がない。存分に愛を注いでいるつもりになっていたけれど、もっと言葉に出して〝大好きだよ〟と伝えるべきだったと反省した。

その晩。何度も泣いて目を覚ます崇寛を縁側に出てあやしたり、お乳を与えたりしたものの、一之助はぐっすり眠っていた。

もしかしたら、ひとり寝が寂しくて、よく眠れていなかったのかもしれない。そんなことにすら気づいてあげられなかったと落ち込んだものの、決して手を抜いたわけではない。八雲が『自分も大切にしてくれ』と話していたが、精いっぱいやった結果なのだと受け止めようと思った。そうでなければ、今度は千鶴がつぶれてしまう。これからどうすべきか、八雲たちを交えてもっと話し合おうと決めた。

翌朝の柔らかな太陽の光が障子の隙間から差し込んできた頃。千鶴は具合の悪さを感じて、ちょうど廊下を通りかかった浅彦を呼び止めて助けを求めた。

「浅彦さん、一之助くんをお願いできますか？　少し熱っぽくて……」

体の節々も痛い。これは熱が上がりそうだ。

昨日の今日なので、できる限り一之助に寄り添いたかった。けれど、風邪を移しては元も子もない。

「熱っぽいとは……。やはり、昨日雨に打たれたからでは？　大丈夫ですか？」

「大丈夫です。出産で体が弱っていただけですよ。雨に打たれたからではありません」

もしそうだとしても、否定しておきたい。もちろん、本当は心根の優しい一之助が罪の意識を感じてしまうだろうからだ。

「……そう、ですね」

浅彦も千鶴の発言の意味に気づいたようで、苦い顔をしてうなずいている。

「崇寛はお乳をやったら八雲さまにお願いしたいのですが」

「承知しました。お伝えしてまいります」

「あの、一之助くんをくれぐれも――」

「わかっております」

浅彦は千鶴を安心させるように微笑んでから部屋を出ていった。

すぐに八雲が飛んできて心配げな顔をしていたものの、崇寛に乳を与えた千鶴は自室にひとりでこもった。八雲や浅彦は風邪で寝込むようなことはなさそうだが、万が一にも移しては困る。彼らには休めない責務があるのだ。

布団で横になったが、寒気がする。背中をゾクゾク上がってくるようなそれは、三《さん》条《じょう》家で働いていた頃に経験したものと同じだ。

あれは、雪が降り積もる冬のことだった。使用人が風邪で次々と倒れ、千鶴もそのうちのひとりとなった。高熱は出たが数日で元気になり、仕事に復帰した。誰かが命を落とすような事態にはならなかったとはいえ、ひとりでひたすら耐える闘病生活はつらかった。

そんなことを思い出していると、足音が近づいてきて障子が開く。ほんの少し開けた隙間から覗くのは一之助だ。

「一之助、くん？」

「千鶴さま、ごめんなさい」

やはり千鶴の発熱が自分のせいだと責任を感じているらしい。

「どうして謝るの？　あのね……赤ちゃんを生むのって大変なの。すごく疲れるから体がぼろぼろになってしまうのよ。だから、少し弱っていただけ。一之助くんのせいじゃないわ」

半泣きになっている彼をこれ以上追い詰める必要はない。

千鶴はできるだけ優しい口調で言った。

「……ごめんなさい。僕が治るまでそばにいる」

涙声が痛々しい。

「ううん。そばに来ると移ってしまうから、優しい気持ちだけもらっておくね。一之助くん、大好きよ」

千鶴はもう一度伝えた。抱きしめることも一緒に遊ぶことも今は叶《かな》わない。ただ、どうしてもそれだけはわかってほしい。

「……僕も、大好き」

頬に大粒の涙をこぼし始めた一之助が絞り出した言葉がどれだけうれしかったか。

「ありがとう。すぐ元気になるからね」

そう伝えると、一之助は涙を拭いてうなずき、渋々障子を閉めた。

◇◇◇

崇寛に千鶴を取られたと感じている一之助の嫉妬は、想像以上に大きかった。八雲や浅彦がなにを言おうとも聞く耳を持たず、すぐ殻にこもってしまう。千鶴がひどく気にしているものの崇寛には乳が必要で、一之助ばかりに構っているわけにもいかない。

ただ、愛を求めては裏切られてきた一之助を思うと、今の状態が怖くてたまらないのも八雲には理解できたし、千鶴もあきれている様子はまったくない。彼女の心の中は一之助への心配でいっぱいなのだ。

浅彦から一之助が雨の中庭に出てしまったと聞き、すぐに向かった。すると千鶴まで雨に打たれて、彼と必死に話をしていた。

八雲は傘を差し出しながら、体を大切にしない一之助を叱った。

死の期限はあらかじめ決まっているものではあるけれど、まだ生きたいと叫びながら旅立つ命はいくつもある。黄泉に旅立つその日までは、がむしゃらに生きてほしいのだ。

父に殴られ母に守られなかった頃の一之助であれば、死を望む気持ちもわからなくはない。けれど、これほど千鶴が愛情を注いでいるのに無茶な行動をするのは間違っている。

ここで叱っては、余計に反発するかもしれないと思ったが、数々の無念の旅立ちを見送る死神としては、一之助にわかってもらいたかった。

千鶴が熱を出し、屋敷の中はざわついた。無論、一番ざわついたのは八雲の心だ。

壮絶な出産を目の当たりにし、できる限り千鶴をいたわると決めていたのに、乳をやれるのは彼女だけだし、夜も儀式に行かなければならないため子守りを代わってやれない。そのうえ崇寛の扱いは圧倒的に千鶴がうまく、かなり頼っている。やはり無理をさせていたのだろう。

庭で冷たい雨に打たれたのは、体調を崩したきっかけにすぎない。

千鶴が熱で臥《ふ》せったと浅彦から聞いた一之助が、泣きながら「ごめんなさい」と謝りに来たが、十分すぎるほど反省している様子の彼に、これ以上の叱責は必要なかった。

千鶴から看病を断られた一之助は、自分にできることをと必死に考え、崇寛の面倒を見るようになった。

といっても、まだ首が不安定な崇寛を抱くのも、おしめの取り替えも難しい。ただ、ずっとそばにいて、泣きだすと一生懸命話しかけていた。

「どうしたの？　お腹痛い？　暑いの？　寂しいの？」

『寂しいの？』という問いかけには、浅彦と顔を見合わせた。一之助自身の心を表していると思ったのだ。

「大丈夫だよ。僕がいるよ」

しかしその次の言葉に、八雲の頬は緩む。

一之助も大丈夫だ。彼は誰かがそばにいてくれるという心地よさをきちんと理解している。

夜の儀式は八雲ひとりで行い、浅彦に崇寛の面倒を見てもらったが、一之助も同じ部屋の崇寛の隣で眠り、崇寛が泣いて起きるたびに目を覚ましてあやしていたのだとか。

千鶴を奪った崇寛を毛嫌いしているのかと思いきやそうではなく、ただただ自分に向けられる愛がなくなるのが怖かったのだとわかった。

千鶴は三日ですっかり元気になった。浅彦が作った芋粥をこぼさないように気をつけながら一之助が運ぶ。

両手がふさがっているため障子を開けられずあげる声に張りがある。

「千鶴さまぁ！」

「私が開けよう」

八雲が障子に手を伸ばすと、いち早く千鶴が中から開けた。

「一之助くん、ありがとう」

千鶴が笑顔で礼を口にすると、少し照れたような顔をする。千鶴が好きでたまらないのが伝わってくる、微笑ましい光景でもあった。

一之助は千鶴が食べる様子を隣に座ってまじまじと見つめて離れようとしない。食べづらいだろうに、千鶴はそれを拒んだりはしなかった。

「一之助くんはもう食べたのよね？」

「うん！　お腹いっぱい」

一之助に元気が戻っているのがうれしいのか、千鶴の笑みが弾けている。

いったん食べるのをやめた千鶴は一之助と、向き合った。

「私が寝ている間、崇寛の面倒をたくさん見てくれたのね。ありがとう」

千鶴はお礼を口にしたあと、一之助を強く抱きしめる。

「寂しい思いをさせてごめんね。でもね、私は一之助くんが大事なの。ずっとずっと大好きなの」

八雲はふたりのその光景を見て、血のつながり以上に強い絆《きずな》を感じた。

「ごめんなさい。千鶴さまは、もう僕なんていらなくなっちゃったんだと思ったの。崇寛がいればいいんだって。だって僕の本当の母さまは違うでしょう？」

一之助の悲痛な叫びに、感情が戻っている八雲の胸も痛む。

立ち直っているように見えても、心に負った傷はこの先もなにかの拍子に疼《うず》くのかもしれない。

おそらく一之助に必要なのは自信だ。自分は誰かから愛してもらえるだけの価値があるという自信。

「一之助」

八雲はふたりを丸ごと抱きしめる。

「お前は私たちの家族だ。血のつながりなど関係ない」

そう伝えると、千鶴が続く。

「そうよ。一之助くんがいない生活なんて想像できないもの。一之助くんは、私たちを元気にしてくれるの。大事な役割があるんだよ」

千鶴の言う通りだ。一之助のおかげでつらい儀式の翌日も、屋敷に笑い声が広がる。

「うん」

かわいらしい声で一之助が返事をする。

今回はいろいろあったが、そもそも一之助がこれほど心を開いたのは千鶴のおかげだ。千鶴が屋敷に来るまでは、寂しくても、悲しくても、うれしくても、楽しくても、一之助はいつも無表情でそれを訴えようとはしなかった。

なにもかもあきらめていた彼が、自分の気持ちをわかってほしいとだだをこねるまでになったのは、千鶴が愛情を注ぎ続けた結果に違いない。

「僕も、一之助がいい」

一之助の願いの意味がよくわからず、八雲も千鶴も首を傾げる。

「どういうこと？」

千鶴が顔を覗き込んで尋ねると、一之助は意を決したように話し始める。

「崇寛みたいに、一之助くんじゃなくて、一之助がいい」

「あっ……」

千鶴が目を丸くして小さな声をあげた。

なるほど、と八雲は納得した。崇寛をここに連れ帰ったとき、浅彦に『崇寛さま』と呼ばれて呼び捨てでいいと話した。

一之助と同じで特別扱いはしなくてもいいという意味だったのだが、千鶴はずっと『一之助くん』と呼んでいる。

もちろん、今までの習慣であり別の意図があったわけではないだろうけれど、一之助は疎外感があったのかもしれない。

「ごめんね、気づかなかった」

千鶴は謝るが、これは仕方がない。

「それじゃあ……一之助」

「はい！」

はにかみながら一之助の名を口にする千鶴に、一之助は笑顔で答える。ただ〝くん〟という敬称を取っただけなのに、ふたりの距離がさらにいっそう縮まったのが見えた気がする。

「私のかわいい一之助」

もう一度一之助をしかと抱き寄せた千鶴は、八雲に視線を送り、まさに母親の表情でうなずいた。

この屋敷は、千鶴で回っている。

八雲はつくづくそう思う。

彼女の優しさが八雲の感情を揺さぶり起こし、過去の後悔を抱える浅彦を立ち直らせ……そして一之助に生への渇望を抱かせた。

本人は間違いなく無意識だろうけれど、本当にすごい女だ。

八雲は千鶴に出会えたことを心から感謝した。

惹かれあう魂の行方

八雲とともに儀式にいそしむ浅彦は、崇寛が屋敷に来てからいっそう忙しくしている。千鶴が担っていた家事をかなり引き受けているからだ。

千鶴は申し訳ないと感じているようだが、浅彦の心は弾んでいる。崇寛を我が子のように思っていて、かわいくてたまらないのだ。

八雲におしめ替えの方法を教わり、初めて替えたときは妙に感動した。

魂の尊さは理解しているつもりだ。ただ、死神であるがゆえ死を通してその先を考えることばかりだったが、誕生したての小さな命を守ることの大変さを身をもって知ることとなった。崇寛に宿った魂が、この先もずっと輝けるようにと祈らずにはいられない。

千鶴がこの屋敷に来るまで、余計なことは口にせず、いつも部屋にこもっていた八雲が、とびきり優しい顔で崇寛を見つめる姿にほっこりする。この死神の屋敷に春の日溜まりのような暖かな幸せを運んできた千鶴に感謝した。

とある日の夕刻。湯浴《ゆあ》みをして体を清めた浅彦は、八雲とともに儀式のために屋敷を出て神社に向かった。

西の空で朱色の光を放っていた太陽が、山の稜線《りょうせん》に吸い込まれていく。薄暗くなった境内には三人の参拝者がいて、八雲とともに足を止めた。

千鶴が生贄となった流行風邪《はやりかぜ》をきっかけに参拝者は増えたものの、こんな時間になって訪れる者は珍しい。しばし陰に隠れて様子をうかがうことにした。

三人が纏《まと》う着物は、ところどころ擦り切れていてとても上質だとは言えない。そのうちのひとりの手には、酒の徳利があった。

あの徳利には見覚えがある。小石川にある酒造の貸徳利で、以前にも数度供えられたことがあるのだ。お七夜の日も八雲が持ち帰ってきたが、もしかしたらそれも彼女たちが供えたのかもしれない。

その酒を古ぼけた社の前に置いたあと、三人は示し合わせたように手を合わせる。

「死神さま、どうか仲間をこれ以上連れていかないでください」

一番背の高い女性がそう願ったのを聞き、八雲と顔を見合わせた。

彼女たちはおそらく三条紡績の工員だ。最近、三条紡績では労咳《ろうがい》が蔓延《まんえん》していて、工員たちが暮らす長屋での儀式が増えているのだ。

労咳は死に至る病として恐れられている。彼女たちも感染の恐怖と闘いながら、身を粉にして働いているに違いない。

必死に働く彼女たちは不憫《ふびん》ではあるけれど、死神がつかさどる死者台帳に浮かぶ死の時刻は、誰にも変えられない。

浅彦は無念の思いで彼女たちを見ていた。

やがて三人は境内を出ていく。

そのとき、浅彦たちから一番遠く、隣の女性に隠れていた女性の顔がちらりと見えた。

「あれっ？」

「どうした？」

浅彦が声をあげると、八雲が不思議そうに尋ねる。

「いえ、あの小柄な女性、どこかで見たことがある気がして……」

なんなのだろう、この感覚。なぜか心臓が大きく打ちだし、そわそわする。

「どこかですれ違ったのではないか？」

「そうですね」

浅彦は昼間もよく小石川の街に買い出しに出かける。だから、すれ違っていたとしても不思議ではないけれど、なんとなく違うような。

そう思ったけれど、なんの確信もなく黙っておいた。

八雲と向かったその日の儀式の一人目は、病で旅立つ初老の男性。

家族が席を外したすきに儀式を行ったが、死神だと名乗ると激しく抵抗された。「死にたくない」とむせび泣く人間に印をつけるのは心苦しいものだ。感情を取り戻した八雲の心も間違いなく痛んでいるはずなのに、顔色ひとつ変えないのは流石《さすが》としか言いようがない。

八雲は、自分が取り乱しては黄泉に行くのが余計に怖くなると知っているのだ。できる限り心穏やかに、そして未練を軽くしたうえで黄泉へと導けて一人前。八雲にはそんな信念があり、見事に遂行している。

浅彦は、自分は未熟だと思い知らされる毎日ではあるけれど、いつか八雲のような死神になれるようにと前向きに精進している。

二人目は三条紡績の工員だ。やはり労咳であと半刻もしたら旅立つ。

工員たちの宿舎である長屋に足を向けると、もう夜も更けているのに人影がある。姿を消して近づいていくと、それが先ほど神社に来ていた三人だとわかった。

彼女たちは、今晩亡くなる仲間の無事を祈っていたのだ。

あの光景を見たあとで印をつけなければならないのは心苦しいけれど、悪霊にするわけにはいかない。

八雲は浅彦を心配してか、ちらりと視線を送ってきたがうなずいた。残念ながらどうあがいても死の時刻は変えられない。最期の言葉をくみ取り、できる限り心を軽くして黄泉へと送り出すだけだ。

両手を合わせてひたすら無事を祈る三人の横を通り、長屋に入る。

この長屋にはすでに何度も足を運んでいる。というのも、ここは労咳だと医師に診断された者が療養するための部屋なのだ。残念ながら、ここに来た者は全員見送っている。亡国病と恐れられるこの病気に罹患《りかん》すると、特に治療することもなく死を待つのみ。ほとんどの工員はそれを知っているため、この長屋は恐ろしい場所に違いない。

せんべい布団に横たわっていたのは、千鶴と同じくらいの歳の女性だ。息苦しいのか、喉を掻《か》きむしった痕がある。目に力はなくくぼんでおり、唇はすでに紫色に変化していた。

「私は死神。あなたを黄泉に送りに来た」

八雲がそう声をかけると、女は眼球だけを動かしてこちらを見る。先ほどの男性とは違い抵抗する気力もないようだ。

「なにか言っておきたいことはあるか？」

八雲が尋ねると、口を動かすものの声は出ない。そのうち、目尻から涙がこぼれ落ちた。

「ただ……」

女はようやく声を絞り出したものの、激しく咳込《せきこ》み始めて続かない。しかし八雲は辛抱強く待った。

「忠男《ただお》に、あ……会いたい」

忠男が家族なのか恋人なのか知る由もないけれど、残念ながらもう会えない。たったひとつの願いを叶えてやれない虚《むな》しさはあるが、黄泉に正しく導けば、次の世で会える可能性もある。

すずをひとりで逝《い》かせてしまった浅彦は、もうずっと長い間後悔の念から逃れられなかったものの、千鶴と八雲のおかげで、そうした希望を抱けるようになった。彼女にもあきらめてほしくない。

「大切な人なのだな」

八雲が問うと、彼女はかすかにうなずく。

「忠男さんもあなたに会いたいだろう。強い絆は、来世までも続く。いつか会えるように祈っている」

八雲は彼女の額に印を付け、深々と頭を下げた。

忠男が彼女に会いたいと思っているかどうかなど、死神にはわからない。しかし、八雲は迷うことなく言った。八雲のこの言葉が、彼女に希望を抱かせたと信じたい。

長屋を出ると、あの三人はまだ願っている。先ほど見覚えがあると思った女性を間近で見て、以前ここで周子《しゅうこ》という女性を見送ったときにもこうして無事を祈っていたのを思い出した。ということは、彼女は少なくともふたりの友を亡くしたことになる。

神社に参拝しても次々と大切な人が旅立っていくのだから、死神をさぞかし恨んでいるだろう。ただ、そうした憤りを受け止めるのも死神の役割だと、最近は思っている。

悲しみが深ければ深いほど、それを誰かのせいにしてしまいたい気持ちがわかるのだ。

足を止めた浅彦を八雲が心配している。姿を消したままではあるけれど、三人に一礼して足を進めようとしたそのとき、やはり心臓が大きく打った。

見覚えのある女性と、視線が合った気がしたのだ。もちろん、相手からは見えていないのでありえない。しかし、たしかに合った。

足を進め始めた八雲を小走りで追いかける。

「なにかあったのか？」

「あの三人、先ほど神社で見た三人ですね」

「そうだな」

八雲も気づいていたようだ。

「八雲さま。姿を隠していても視線が合うことはあるのでしょうか」

「は？」

「いえ、なんでもありません」

やはりおかしな質問だったようだ。八雲が難しい顔をするので即座に引っ込めた。

「なにがあってもおかしくはない。合ったのであれば、そうなのだろう」

八雲の言葉に納得した浅彦は「はい」と返事をして屋敷へと急いだ。


屋敷の周囲の木立を縫うように朝日が降り注ぎ始めた二日後の早朝。浅彦は庭に大きなたらいを持ち出して崇寛のおしめを洗濯し始めた。

奥座敷では、一之助が千鶴と手をつないで眠っている。千鶴は崇寛に乳を与えたあと、丑三《うしみ》つ時《どき》に戻ってきた八雲に預けて、一之助のところに向かったのだ。

どう考えても睡眠が足りない千鶴は出産前よりやつれているように見えるが、一之助の願いも叶えようと踏ん張っている。

八雲は千鶴が心配でやきもきしているようだけれど、千鶴が『本当に無理なときはお願いしますから』と押しきったのだ。

「我が妻は強い」と苦笑する八雲は、崇寛の面倒を甲斐甲斐《かいがい》しく焼き、一之助のことも終始気にかけている。

浅彦にできるのはこうした雑用くらいなのだが、頼ってもらえるのが家族の一員として認められているようで、うれしくもあった。

八雲は一之助に『お前は私たちの家族だ。血のつながりなど関係ない』と諭したようだけれど、自分もそう思ってもらえていると感じる。

大量の洗濯物をようやく干し終えた頃、神社のほうから声が聞こえてきた。泣き声が混ざるそれが気になった浅彦は、覗きに行くことにした。

「どうして……どうしてよ！」

顔を真っ赤にして地に座り込む女性は、三条紡績のあの三人のうちのひとりだ。

「死神さまはどうして願いを聞き入れてくれないの？　勝子《かっこ》がなにをしたっていうの？」

勝子とは、労咳で旅立ったあの女性の名だ。

激しく泣きじゃくる女性の背中に手をやり、必死になだめているのは浅彦がずっと気になっている女性。悲痛の面持ちを浮かべながらも、「落ち着いて」と冷静になろうとしている姿が痛々しかった。

「死神さまは無慈悲だわ！」

顔をゆがめて泣く女性が大声で言い放つ。

人間の死神に対する認識は、死へと引きずり込む怖い存在。このくらいの罵声は、もう慣れてしまった。それに、彼女がここで吐き出すことでまた前を向いて歩いていけるようになるならば、それでいい。

彼女が立ち直れるようにと願いつつ屋敷に戻ろうとすると、ずっと慰めていたあの女性が口を開いた。

「死神さまは、きっと一生懸命してくださったの。でも、無理だったのよ」

浅彦はそのひと言に驚いた。そんなふうに考える人間がいるとは。

「違う。あんなにお願いしたのに、死神さまが連れていったの。勝子を返して」

憤りが止まらない女性を、もうひとりが抱えるようにして立ち上がる。

「帰ろう。帰ろうね」

頬に伝う涙を拭きながら、叫ぶ女性をなだめて神社から出ていく。

しかし、先ほど死神をかばうような発言をした女性は残り、再び社に向かって手を合わせた。

「……親友を亡くして取り乱した友を許してください。次々と仲間が亡くなり、憤りをぶつけるところがないのです。でも、労咳になったのは死神さまのせいではありませんよね。どうか怒りを収めて、勝子を黄泉へとお導きください。身勝手でごめんなさい」

目にいっぱい涙をためながらも泣くのはこらえて、ただひたすらに懺悔《ざんげ》する彼女に、ますます興味が湧く。

八雲も浅彦も、罵倒されたり八つ当たりされたりすることは数知れず。けれど、謝られたのは初めてなのだ。

しかも、彼女は周子も失っている。それでも、勝子を死へと追いやったのが死神ではないと口にするのが信じられなかった。いっそ死神のせいにしてしまったほうが楽だろうに。

そう考えながら、改めて彼女の顔を見つめると、また心臓がドクッと大きな音を立てた。

これは一体、なんなのだ。

浅彦は自分の胸に手を置き不思議に思う。しかしこの感覚、ずっと昔に味わったことがあるような。

彼女が目を伏せたそのとき、浅彦は気づいてしまった。その表情がすずとそっくりなことに。

浅彦の知っているすずはもう少し幼く、輪郭が丸かった。鼻もこれほど高くはなかったような気もするけれど、ぱっちりとした大きな目はどことなく面影がある。それに、『浅彦さま』と優しい声を紡ぎ出していた唇の形がそっくりだ。そういえば、声も似ている。

浅彦は、自分の手が震えているのがわかった。

すず、なのか？

浅彦の知るすずをもう少し大人にしたら、目の前の彼女になるのではないかと思えて仕方がない。

まったく冷静になれない浅彦の呼吸は次第に浅くなり、必死に空気を吸い込まなければならなかった。

近づきたい。もっと彼女に近づいて、すずかどうかを確認したい。

そんな強い欲求を抑えられず一歩足を踏み出すと、ジャリッという砂の音に気づいた女性が、浅彦を見つめた。

視線が絡まり、いっそう息が苦しくなる。それにもかかわらず、ずっとこのままでいたいような複雑な心境だ。

「うるさくしてすみません」

浅彦への第一声は、謝罪の言葉だった。否定しなければならないのに、なにを言ったらいいのかわからないほど動揺していて、浅彦は首を横に振るだけで精いっぱいだった。

しかし浅彦は彼女に近づいていった。もしすずの生まれ変わりであれば、絶対に逃がしたくない。

「お見苦しいところをお見せしました」

彼女はもう一度謝罪の言葉を口にして、深々と頭を下げる。

自分より周りの人間をいたわる、あの頃のすずと同じだ。自分の困難などなんでもないような顔をして、何度も励ましてくれた。

「見苦しくなんてありません」

彼女を見つめる浅彦は、ようやく声をかけられた。

「……私は、浅彦と申します。お名前をうかがってもいいですか？」

もしすずだったとしても、今世で同じ名だとは限らない。しかし、確かめずにはいられなかった。

「はい。すずと申します」

その瞬間、雷に打たれたような衝撃が浅彦を襲う。

すずだ。間違いない。すずが帰ってきたんだ。

そう叫びたい衝動を抑えるのに必死にならなければならない。

気持ちを落ち着けるために深呼吸をした浅彦は、やはりすずから目が離せなかった。

「すずさんは、大丈夫ですか？」

「えっ？」

「泣きたいときは、泣いたほうがいい」

目に涙をためながら気丈に振る舞う彼女を見ていられず、そう言った。すると彼女は突然息を荒らげ、大粒の涙をぽろぽろとこぼし始める。

「ごめんなさい」

「なぜ謝るのです。私が泣けばいいと言ったんですよ」

口元を押さえて嗚咽《おえつ》をこらえるすずを、浅彦は思わず抱きしめてしまった。こんなことをしたら嫌がられるのではないかとも思ったものの、彼女は抵抗することなく小さな体を震わせて泣き続ける。

「つらかったですね」

「……はい」

「悲しかったでしょう」

すずは浅彦の着物を強く握り、小さくうなずく。

浅彦は彼女を励ましたくて、背中に回した手に力を込めた。


それからどれくらい経っただろう。ようやく気持ちが落ち着いたのか、すずはそっと離れていく。

「申し訳ありません」

うつむき加減で頬の涙を拭い、ばつの悪そうな顔で謝るすずは、あの頃と変わらない。謙虚で優しい女性だ。

「ですから、私が泣けと言ったんです。あなたが謝るなら、私も謝らなければなりません」

そう伝えると、彼女はようやく顔を上げて微笑んでくれた。

「まさか、そんな。浅彦さんのおかげで、少し楽になりました」

すずは胸に手を当てて言う。

「よかった」

「あっ、お着物が濡れてしまって……」

すずは慌てるが、浅彦は胸を貸せたのがうれしいくらいだった。

「ご心配なく。洗濯は得意なのです」

「ご自分でお洗濯をなさるのですか？」

「ええ、まあ」

人間の世では洗濯は女の仕事だ。余計なことを言ってしまったと思ったけれど、すずがくすりと笑みを漏らすのでほっとする。

「浅彦さんがお洗濯をするところなんて想像できません」

「そうですか？　今度お見せしますよ」

「楽しみにしております」

社交辞令だとわかっていても、本当に楽しみにしていてくれればいいのにと考えてしまう。

これで終わりにしたくないという気持ちが抑えられない。

先日儀式に赴いた際に目が合ったと感じたが、やはりあれは気のせいではなかったのではないだろうか。彼女と自分は、死神にも説明できない糸でつながっているのではないか、という都合のよい考えが浅彦を支配する。

「ですから、我慢しないでください。泣きたいときはいつでもここをお貸しします」

浅彦が胸をトンと叩いてそう伝えると、すずは微笑みながらうなずいた。

◇　◇　◇

「浅彦、今なんと言った？」

八雲が珍しく驚いたような声をあげる。崇寛のおしめを替えようとしていた千鶴も手が止まった。

「すずが……すずがいたのです」

どこかに出かけていた浅彦が屋敷に帰ってきて、唐突に衝撃の告白をする。千鶴は八雲と顔を見合わせた。

「どういうことだ？」

「先日、八雲さまも神社で三人の女性を見ましたよね。あの三条紡績の工員のひとりがすずだったのです」

それから浅彦は、すずについて詳しく教えてくれた。

「浅彦さん、よかったですね」

その女性が前世のすずであるという証拠はどこにもない。名前が同じだけかもしれない。

けれど、千鶴は満面の笑みで祝福した。名前を聞く前から気になっていたようだし、浅彦がそうだと感じたなら、きっと間違いない。

「いや、待て。まだそうと決まったわけでは……」

八雲もうれしそうな顔をしたのに、慎重な発言をする。

「わかっております。それに、すずだったとしても、どうこうしようと思っているわけではありません」

もっと気持ちが高ぶっていると思っていたのに、浅彦は意外にも冷静だ。

「どうしてですか？」

「私はすずの幸せが見たいのです。すずが笑っていてくれればそれでいい。だからもし、私がしゃしゃり出ることで彼女が幸せになれないなら――」

「そんなの嘘です」

千鶴は浅彦の言葉を遮った。

「もし彼女が明日黄泉に旅立っても、そう言えますか？　私は、浅彦さんにも幸せになってほしいです。もちろん、すずさんとの間に新たな恋が生まれなければ仕方がありません。でも、最初からあきらめるのですか？　すずさんのためのような言い方をしますけど、振り向いてもらえないのが怖いだけではありませんか？」

「それは……」

魂が黄泉に旅立つと、それまでの記憶は消えるという。だから浅彦に関する記憶はない可能性のほうが高い。

とはいえ、前世での縁が強いと近くに生まれてくることはあるようだ。

浅彦たちもそうであれば、やはりすずで間違いないだろうし、感情を封印されても八雲たちの胸の奥のほうにそれが少し残っていたように、なにか感じるものがあるかもしれない。

「もし、すずさんのことが気になるのであれば、また新しい愛を育めばいい。浅彦さんは、すずさんに前世の記憶がないと嫌なのですか？」

「そんなことは決して」

浅彦がむきになるのが千鶴はうれしかった。

八雲も優しい目で浅彦を見ている。

「自分が死神であることが気になっているんだな」

八雲が口を挟んだ。

たしかに、千鶴もあんな出会い方をしなければ、死神となんて結ばれなかっただろう。そもそも恐ろしい存在だと思っていたのだから、愛をささやかれても逃げたに違いない。

「私も何度千鶴を手放そうと考えたことか。だが千鶴のように、死神でも将来を共に歩きたいと言ってくれる変わり者もいるのだぞ」

「八雲さま。私は変わり者ではございませんよ」

千鶴はわざと口を尖らせた。様々な懸念を払しょくできず沈んでいる浅彦を、八雲が励まそうとしているのが伝わってくるからだ。

先ほど浅彦は冷静だと思ったけれど、間違いだった。彼は不安なのだ。

「それは申し訳ない。浅彦。運命の相手というのは、簡単には離れられないものだ。お前がなにを考えようとも、すずが結ばれるべき相手ならお前を受け入れるだろう。逃げられてしまったら、私たちがいる。存分に慰めてやる」

八雲は冗談を口にしているようで本気なのかもしれない。

永遠に命の終わりが来ない死神の苦悩は、人間には計り知れない。もし、すずに拒まれたら浅彦のこの先はつらいものになる。かといって、目の前に待ち続けた人がいるのに、ただ黙って見送るのも残酷だ。

どちらが浅彦のためになるのかわからないけれど、千鶴は可能性にかけてほしかった。なぜなら、死神の夫と永久《とわ》の契りを交わして、子を授かった今、とても幸せだからだ。

「ありがとうございます」

浅彦は目を泳がせながらお礼を口にした。

そんなに簡単には決められないだろう。すずにまた会えるかもしれないという希望を胸に精進してきた彼は、その願いが本当に叶って戸惑っているのだ。

もちろん、うれしいに違いない。言い知れない喜びを噛みしめたはずだ。しかし、それと同じくらい不安なのだろう。

そしてその気持ちは、千鶴も痛いほどわかった。

◇◇◇

三条紡績の労咳は収まる気配もなかった。

勝子や周子が収容されていた長屋は、もはや一日たりとも空室になることはなく、浅彦は八雲とともに何度も足を運んでいる。

「今日はふたりですか……。若い女性ばかりで痛ましい」

死の期限は生まれた瞬間に決まっているとわかっていても、様々なことをやりつくして老衰で旅立つ者より、まだ生きたいという強い思いを抱きながら無念の死を迎える若者の儀式は残念でたまらない。

「そうだな。しかし、儀式はせねばならん」

「はい」

八雲は崇寛が生まれていっそう強くなったと思う。

無論、一番大きな影響を与えたのは千鶴だ。彼女は死神である八雲を、誰よりも理解して寄り添っている。一方八雲は、そんな彼女を守らなければという強い信念がある。

そこに、自分の血を分けた崇寛の誕生。ふたりはひとりではなにもできない彼に、全身全霊をささげて育てている。自分たちのところに生まれてきた命の尊さを、誰よりも理解しているのだ。

長屋の前で、浅彦の足は止まった。今晩はすずの姿は見えない。

もしすずが労咳になったら……。

ふとそんな考えが頭に浮かび、背筋がゾクッとする。

老いていようが若かろうが、死者台帳に浮かぶ期限は絶対だ。まだ若いすずも、明日旅立つ可能性があるのだ。とはいえ、台帳ですずの名を確認する度胸はなく、悶々《もんもん》とするばかり。

「浅彦、参るぞ」

「すみません、すぐに」

八雲に急《せ》かされた浅彦は、姿を消して家屋の中に入った。

翌日は雨がしとしと降り、梅雨冷えがする。庭の若葉は雨粒を受けてその青さをいっそう際立たせているが、廊下から庭を眺める浅彦の心は沈んでいた。

八雲や千鶴の言う通りだ。いろんな理由をつけてすずが幸せならばそれでいいなどと口走ったけれど、本当はすずと結ばれたい。今度こそ彼女を泣かせないし、必ず守り通す。

そんな気持ちがみなぎっているものの、彼女は人間で自分は死神なのだ。千鶴があたり前のように八雲の妻としての生活を謳歌《おうか》しているので勘違いしそうになるけれど、人間にとって死神は忌み嫌う存在。死神から恋心をささやかれたりしたくはないだろう。

救いなのは、友が旅立ったのは死神のせいではないとすずが感じていること。あの言葉がどれだけうれしかったか。

あれから浅彦はことあるごとに、あのときの光景を思い浮かべている。

「どうしたら……」

手の届くところに愛おしい人がいるのに、近寄ることが許されないような苦しさに溜息が漏れる。

「浅彦さまぁ」

「一之助、どうした？」

崇寛の世話で千鶴の手がふさがっているときは、自分が一之助の面倒を見ておくべきだったと反省しながら返事をする。

「千鶴さまが、お芋食べますよーって」

「干し芋か？」

「そう。早く来ないと食べちゃうもんねー」

崇寛に千鶴を取られてしまうと、あんなに落ち込んでいた一之助だけれど、すっかり元気を取り戻した。それも、自分に向けられた愛があると確認したからだ。

「愛か……」

すずへのそれは、誰にも負けない。せめてその気持ちだけでも伝えられれば……。

「浅彦さまぁ！」

「今行く」

廊下の先から一之助に呼ばれて、浅彦は笑顔を作った。

すずが再び神社にやってきたのは、糸のように細い雨が景色を銀色に染めた、その日の夕刻。

すずの声を耳にした浅彦は、いてもたってもいられずすぐさま神社に向かった。

傘をさしているすずは、今日はひとりだ。

彼女は着物の袂《たもと》から小銭を取り出して賽銭箱に投げ入れる。紡績工場の工員は、仕事はきついが薄給だとも聞く。それなのに酒を供えたり賽銭を投げたりする姿を見て、申し訳なくなった。

「死神さま、勝子は元気にしているでしょうか？　どうかよい未来をお授けください」

両手を合わせて懇願するすずは、友人思いの優しい人だ。

しばらく黙って目を閉じていたけれど、ふと顔を上げたとき、眉をひそめて難しい顔をした。

「どうしてなんだろう。私たちは毎日必死に働いているだけなのに。私もそのうち、労咳で黄泉に行くのかな……」

バタバタと仲間が倒れるのを目の当たりにしている彼女には、差し迫った恐怖があるに違いない。

そう思う浅彦も、彼女が心配でたまらず毎日不安に包まれている。

ようやく会えたのに、逝かせたくない。旅立ちをあるがままに受け入れるべきだとわかっている死神がそのようなことを考えるのは間違っているかもしれないが、そんな思いを抑えられないでいる。

「すずさん」

浅彦は出ていき、声をかけた。悲しそうにたたずむすずが、雨に溶けて消えてしまいそうだったからだ。

「あっ、浅彦さん。またお会いできましたね」

彼女はとっさに笑みを作った。

自分に心配をかけまいとしているのが伝わってきて、胸が痛む。その一方で名前を覚えていてくれたという喜びもあった。

「無理に笑わないでください」

「えっ？」

「すずさんの言う通りです。人の命ははかない。どれだけ懸命に生きても、いつか黄泉に行かなければなりません。ただ……」

浅彦は彼女に近づいてから続ける。

「黄泉は、次に生を受けるまで心を休める場所なのです。ご友人も、きっと今頃のんびりしているでしょう。だからといって、怖くないわけがありません。無理して笑わなくていいんです」

「浅彦さん……」

すずは途端に顔をゆがめて、唇を嚙みしめる。友を失った悲しさと、自分も死が近いのかもしれないという恐怖。それをうまく吞み込めなくても、誰も責めたりはしない。

「ごめんなさい。皆顔が暗くて、せめて私だけでも明るくしていなくてはと思っているのに、できなくて」

「当然です」

「でも、こうしてわかってくださる人がいて、心強いです」

「よかった」

『あなたはまだ死にません』と嘘でもいいから言って安心させたい。しかし、すずの死期を台帳で確認もせず、間違ったことを伝えられない。死神としてそこだけは嘘をつけなかった。

それから浅彦は、すずを誘って古ぼけた社の軒下に座り、話をした。

「以前、『労咳になったのは死神さまのせいではありませんよね』と話していましたけど、どうして死神のせいではないと思うのですか？　皆、死神は命を奪う存在だと考えているのでは？」

浅彦は率直に疑問をぶつけた。

「そうですね。たしかに皆、死神さまを恐れています。でも私は、どうしてだか死神さまがそんなに恐ろしい存在だとは思えないのです。死神さまは私たちの旅立ちを手助けしてくれているような気がして。ひとりで黄泉に行くのは怖いけど、そのときが来たら死神さまが付き添ってくれるんじゃないかなんて……。ただの妄想ですけど」

すずが胸の内を聞かせてくれたとき、浅彦はもしや前世での八雲とのかかわりをうっすらと覚えているのではないかと感じた。

八雲は、すずの最期の思いを教えてくれた。そのときのやり取りの細かなことまではわからないが、大切な言葉を託すくらいなので八雲を怖がっていたわけではないし、旅立つための儀式をされたこともわかっていたのかもしれない。だから、『付き添ってくれる』というような言い方をしているような気がする。

「なるほど。そうかもしれないですね」

浅彦が同意すると、すずは頬を緩めた。

「しかし、労咳は治まりそうにないのですね」

「はい。偉い方たちが、これ以上広げないためにいったん工場を閉めようかと話し合っているそうなんですけど……死神さまに生贄を差し出せばいいのではと話しているのを聞いてしまった仲間がいて」

「なんと」

浅彦は目を瞠った。

千鶴のときと同じ過ちを繰り返そうとしているのだ。千鶴がどれほどの恐怖と無念を抱えてこの神社に足を踏み入れたのかわからないのかと考えるだけで、全身の血が頭にのぼりそうなほど怒りが湧いてくる。

「私たちはよく知らないのですが、以前にも生贄になった方がいたそうなんです。私たちの中の誰かから選ばれるのではないかと、最近はもっぱらその話題ばかりで。死神さまは、それほど生贄が欲しいのでしょうか」

すずは一縷《いちる》の望みを探るように浅彦に問う。誰かに否定してもらいたい一心なのだろう。

「生贄など求めてはいません。人の寿命は天からの贈り物。決まった期限なのです。死神でもそれを奪うことはできないし、与えることもできない」

憤りそのままに、そうだと知っているかのような言い方をしてしまった浅彦は、しまったと思った。しかし、すずの顔からこわばりが消えたので、断言してよかったのかもしれないとも感じる。

「そうですよね。死神さまは、そのようなことを望まれませんよね」

自分に言い聞かせるようにそう口にするすずは、すっくと立ち上がり、再び社に手を合わせる。

「私は友が亡くなったのを悲しんでいるばかりで、自分が生きていることをありがたいと感謝するのを忘れていました」

なんと純粋でまっすぐな人なのだろう。

浅彦は、彼女は間違いなくあのすずだと確信した。かつて浅彦が愛したすずも、つらいことがあっても他人《ひと》を責めるようなことはなく、前を向こうとする強さがあった。

すずと一緒に生きていけたら……。そんな気持ちがあふれそうになる。

しかし、もう自分は人間ではないのだ。拒否されるのが怖いという気持ちが先に立ち、こうして時々会って話せるだけで十分なのではないかと思う。

とはいえ、もしすずが労咳に侵されるようなことがあったら、後悔するのではないだろうか。すずの死期が近いなどと考えたくもないけれど、そうした可能性が誰にもあることは死神である浅彦が一番よくわかっている。

浅彦の心は揺れに揺れた。

「勝子は天寿をまっとうしたのですね。そうだったとしても、大切な人との別れは悲しい」

「……そうですね」

黄泉に旅立ち、また新たな人生を始めるのだからそれほど悲しむ必要はないのかもしれない。ただ、自分もすずを亡くして苦しみに苦しんだ経験があるため、残された者の苦悩はよく知っている。

「勝子さんは、田舎に帰りたかったのかな」

勝子の最期の言葉を聞いている浅彦は、そう漏らした。

「はい。田舎に幼なじみの男の子がいるんです。彼に会いたいといつも話していました。幼い弟たちを食べさせるために働いていたけど、本当は……」

「本当は、彼とふたりで生きていきたかったんだね。きっと死神がその無念の言葉を聞いてくれたと思う。ふたりの絆が強ければ、いつかまた会えるかもしれない」

浅彦は目の前のすずと自分の奇跡について考えながら話した。

「そうだといいな。勝子、待ってるから戻っておいで」

すずはどんよりと曇った空を見上げて呼びかける。

「すずさんにも叶えたい願いがあるんですか？」

浅彦が尋ねると、すずの表情が柔らかく変化した。

「会いたい人がいるんです。でも、それが誰なのかわからなくて。おかしいでしょう？」

「会いたい人?」

もしやそれは自分のことではないかと期待が高まる。無意識でも自分を捜してくれているのではないかと。

その日は、それですずと別れた。何度も振り返りながら小さく手を振ってくれる彼女がかわいらしくて、追いかけたい衝動に駆られる。とはいえ、これ以上距離を縮める勇気がどうしても出なかった。

屋敷に戻ると、千鶴が台所でお茶の準備をしていた。

「おかえりなさい。お買い物ではなかったのですか?」

手ぶらで帰ってきた浅彦を千鶴が不思議そうに見ている。

「すみません。私がいたします」

「崇寛、寝たんですよ。一之助も一緒にこてんと」

それなら休んでいればいいのに、にっこり微笑む千鶴は本当に働き者だ。

「それで、どちらに行かれていたのですか?」

「すずが……」

「来られていたの?」

千鶴は少し興奮気味に浅彦の腕をつかんだ。自分とすずの再会を喜んでくれているのが伝わってくる。

「はい、参拝に。やはり彼女はすずです。まっすぐで優しくて純粋で……」

千鶴にこんなことを話してもどうなるものでもない。でも、誰かに聞いてもらいたくてたまらない。

「すずさん、素敵な女性だったんですね」

会ったことのない千鶴が同意してくれるのがうれしい。

「これは独り言なんですけど……」

「は？」

千鶴がおかしな前置きをするので、首をひねる。

「誰かを恋しく思う気持ちは、止められないんですよね。たとえ相手が誰であれ、想いを伝えなければ、次には進めないんです」

千鶴はそんな言葉を口にしながら、うっすらと頬を赤らめている。浅彦を励ますための話ではあるけれど、おそらく八雲への気持ちそのものだから気恥ずかしいのだろう。

「千鶴さまは、なんのためらいもなかったのですか？」

もちろん、死神との婚姻についてだ。

「私がここに来た日のことをお忘れですか？　ためらいもなにも怖くてたまりませんでした。でも……」

千鶴はそこまで言うと、とびきり優しい表情で浅彦を見つめて続ける。

「八雲さまが人間よりずっとお優しくて器の大きな方だと知ったら、怖い感情なんてどこにもなくなりました。相手が何者かよりも、どんな方なのかが重要なのではないでしょうか。八雲さまがもし、人間が思い描くようなおどろおどろしい存在だったなら、好きになったりはしなかったでしょう」

「千鶴さま……」

浅彦は、自分とすずが死神と人間という異なる存在であることが引っかかっている。しかし、千鶴の言葉で少し楽になった。

「私の噂《うわさ》をするのはやめてくれ」

そこに現れたのは八雲だ。

「あ……」

するとたちまち千鶴は耳まで真っ赤に染めて、目を泳がせている。

「浅彦。千鶴の言う通りだ。千鶴の心が清らかでなければ、私の感情が呼び覚まされることはなかっただろう。千鶴は私にとって唯一無二の存在だ。人間であっても死神であっても関係ない」

千鶴が屋敷に来るまで、儀式で必要な言葉以外は口を開かなかった八雲が、熱く愛を語る姿が微笑ましい。本当にお似合いの夫婦だ。

「そうですね。ありがとうございます。千鶴さま、あとは私がいたします。すぐにお茶をお持ちしますから、たまにはおふたりの時間をお楽しみください」

「そうだな。そうしよう」

照れる千鶴の手を引く八雲は、台所から出ていった。

八雲は死神としてのあるべき姿を浅彦に示すだけでなく、生き方までも導いてくれる存在だ。その妻千鶴も、無限の苦しみの中から光を見出《みいだ》せるようにしてくれた恩人なのだ。

ふたりに会えてよかった。

浅彦は感謝しながら、早速お茶を淹《い》れ始めた。


四日後の早朝。再び神社に声が響いた。しかし、すずではない女性の声だ。

気になった浅彦が様子を見に行くと、以前勝子を亡くして取り乱し、すずになだめられていた女性だった。

「死神さま、お願いです。すずまで連れていかないで」

涙目の彼女が手を合わせてそう言ったとき、浅彦の心臓が激しく打ち始める。

まさか、すずが労咳にかかってしまったのだろうか。

浅彦は姿を消したあとすぐに神社の境内を出て、労咳の患者が集められる長屋へと向かう。走りに走って、足がもつれて転びそうになっても走って。死神は命を落とすことはないけれど、心臓が破れそうなほど息が上がった。

ようやく長屋にたどり着き、入り込んで中を覗いたが、そこには誰もいなかった。

——すずは、すずはどこだ？

医者のところだろうか。いや、労咳と診断されればなす術《すべ》がない。ここに来るはずだ。

浅彦は長屋を飛び出し、三条紡績の工員たちの住まいである別の長屋に向かった。するとと、先ほどの女性が戻ってきており、もうひとりと話している。

「よかった……。労咳じゃなかったのね」

「うん。多分過労だって。すず、勝子の分まで働いていたでしょう？　それなのにあんまり食べてなかったから」

ふたりの会話を聞き、浅彦はその場に頽《くずお》れそうになるほど気が抜けた。過労であれば、しばし休めばよくなるだろう。

「すず……」

激しい呼吸の合間に、すずの名を口にしてしまう。

そして川辺で冷たくなっていた彼女を思い出して身震いした。もう二度とあんな光景を見たくない。彼女を自分の手で守りたい。

「どうしたら……」

彼女と気持ちを通わせたいという強い欲求と、拒まれたくないという気持ちがせめぎあい、浅彦はどうすべきなのかわからなくなった。

◇◇◇

工場での労咳の広がりはとどまることを知らず、次々と仲間が倒れていく。このままでは生産が維持できないと、工場はいったん閉鎖となった。

それとときを同じくして、すずは過労で倒れてしまった。勝子を失った悲しみからしばらく食事が喉を通らず、勝子が働くはずだった時間も代わりに出ることが多かったせいか、限界を迎えたのだ。

しかし仲間の看病のおかげで、ずいぶんよくなった。

ただ、不穏な噂を耳にした。

「あの生贄の話、本気みたいよ。以前、死神さまに花嫁を差し出したら、流行風邪が収まったんだって。それで、工員から生贄をという話になってるみたい。しばらく目立たないようにしておいたほうがいいわよ」

それを聞いたすずは、長屋を飛び出して工場に走った。生産は止まっていても、指南役の誰かは必ずいるはずだ。

「すみません!」

上がる息を整える暇もなく勢いよく事務所に飛び込むと、いつも工員たちの指揮を執っている男性がふたり、驚いたような顔で迎えた。

「なんだ。工員か? しばらく休みだと伝わっていないのか?」

細面の少し顔色の悪い男が言うと、小太り気味の男が続く。

「帰りな」

「あの……生贄の話は本当ですか?」

胸に手を当てて深呼吸をしたあと端的に問うと、男たちは顔を見合わせる。

「まあ、そんな話が出ているそうだが……」

視線をそらして言葉を濁すのは、目の前のすずもその対象になる可能性があるからかもしれない。

「死神さまは、生贄なんて望まれてはいません。命は天からの授かり物。死神さまにも奪うことなんてできないのです。仲間がたくさん亡くなるのは、労咳が広がったせいで、死神さまのせいではありません」

すずは浅彦の言葉を思い出しながら、必死に訴えた。しかしふたりは、にやにや笑うだけで真剣に取り合ってくれない。

「お前は知らないだろうが、生贄の花嫁を差し出したら、流行風邪が収まったことがあるのだよ。それに味をしめた死神が、また花嫁をよこせと労咳を広めたのさ」

「違います！」

浅彦は『生贄など求めてはいません』と断言した。もちろん、彼の話が本当だという証拠などない。けれど、すずは浅彦を信じたかった。彼の目が嘘をついているようには思えなかったからだ。

しかも、生贄はいつも通う神社に差し出されたと小耳に挟んだが、あの神社に赴いて怖い思いをしたことはない。それどころか、優しい浅彦に励まされて心地よい場所になっているくらいなのだ。

「お前は死神のなにを知っているんだ。そんなに違うというなら、お前が生贄になったらどうだ」

細面の男が吐き捨てた言葉に、すずはひるみそうになる。

「そうだそうだ。死神が生贄を望んでいないなら、帰されるはずだ」

小太りの男もにやっと笑いながら、すずをばかにするように言った。

「……わかりました」

「は？」

承諾すると、ふたりともあんぐり口を開けている。

「私が生贄になります。でも、戻ってきたらもう二度と生贄の話はしないでください。工員たちは、毎日労咳の恐怖と闘いながら働いているんです。そのうえ、生贄になど……。あんまりです」

　彼らにしてみれば、ひとりやふたり命を落とそうが、また新たな工員を雇えばいいだけなのだろう。そもそもここで働く女性は皆貧しく、どんな理不尽を被ろうがしがみつくしかない者ばかり。すずも両親を亡くして、ここにたどり着いたひとりだ。

　彼らは、誰かを生贄にして自分たちも労咳の恐怖から逃れられれば、それで満足なのだ。

「お前、正気か？」

「はい。必ず戻ってきます。だから約束してください」

　すずは男ふたりに迫った。

「……わかった。旦那さまに話しておこう」

「それでは、これから神社に向かいます」

　さりとて、すずも怖くないわけではない。少し声が震えてしまった。

死神は悪《あ》しき存在ではないとなぜか幼い頃から思っているけれど、なんの根拠もないのだ。浅彦も同意してくれたが、彼にも根拠などないだろう。

　事務所を出ると、山の稜線に太陽が吸い込まれていくのが見えた。完全に隠れてしまうとあっという間に暗くなる。

すずは空を見上げて、大きく息を吸い込んだ。

「お父さま、お母さま。死神さまに黄泉まで付き添っていただいただけですよね」

不安だからか小声になる。

父や母を亡くしたとき、それはそれは悲しかった。しかし、死神さまが黄泉に導いてくれると信じていたすずは、ふたりの幸せをただひたすらに祈り、立ち直ることができた。

「行ってまいります」

無事に戻ってきて、二度と工員が怖がるような仕打ちをしないようにしてもらわなければ。

すずは仲間たちの顔を思い浮かべて覚悟を決める。

「きっと大丈夫」

そして自分にそう言い聞かせて、神社へと足を向けた。

到着したのはすでに太陽が沈んだあとで、生ぬるい風が立てるざわざわとした木々のざわめきが、不安を煽《あお》ってくる。

急いだせいか、まだ体調が万全ではないのか、呼吸が苦しく、視界がふわふわと揺れた。

「し、死神さま……」

社の前にようやくたどり着いたすずだったが、ガクッと膝から頽れた。目がぐるぐる回り立っていられないのだ。

もしや、死神が迎えに来ているのだろうか。やはり悪しき存在ではないという考えは間違いなのだろうか。

いや、信じなければ。初めから疑う自分を、死神が受け入れてくれるはずがない。

すずは必死に下腹に力を入れて立ち上がろうとしたものの、吐き気を催すほどのめまいに襲われてどうしても立てなかった。

「死神、さま……。どうか、生贄などいらないとおっしゃってください。もうこれ以上、仲間が苦しむのは見たくない」

死神にどうしたら会えるのかなんて、すずは知らない。ただここでこうして願うしかない。

「お願いしま……」

もう一度立とうと試みたものの腰を浮かすことすらできず、その場に倒れこんで目を閉じた。

「死神、さ――」

「すずさん？」

そのとき、聞き覚えのある声が聞こえてきた。

「どうしたんですか？　大丈夫ですか？」

「あ、浅彦、さん……」

すずを抱きかかえたのは、顔をゆがめる浅彦だ。彼の隣にはもうひとり、髪が長く背の高い男性がいる。

「死神さまに会わなくては。生贄なんていらないと……」

吐き気に襲われて、それ以上話せない。

「浅彦、今日は私ひとりで行ってくる。ずいぶん体調が悪そうだ。屋敷に連れていって寝かせてやりなさい」

「承知しました」

背の高い男は、それからすぐに神社を出ていった。

「すずさん。つらいなら話さなくていい。目を閉じていてください。すぐに横になりましょう」

浅彦に抱き上げられたことまでは覚えている。それからすずの記憶はぷつりと途絶えた。

◇◇◇

八雲と儀式に向かおうとすると、薄暗くなった神社の境内に人影があった。そもそも死神が祀《まつ》られているという噂が立っているため、暗くなってから訪れる者はほとんどいないので、浅彦は驚いた。

しかしもっと驚いたのは、それがすずだったことだ。しかも『死神さまに会わなくては。生贄なんていらないと……』と漏らした彼女は、意識を失ってしまった。

八雲の許可を得て屋敷に駆け込むと、崇寛を抱き、一之助と話をしていた千鶴が異変に気がつき、布団を用意してくれた。

「すず、すず」

「すずさんは過労でお倒れになったんですよね。また無理をしたのでは？　少し熱があるようですが、ひどくはなさそうです。このまま寝かせてあげましょう」

うろたえる浅彦とは対照的に、千鶴がてきぱきとすずの様子を観察して話す。

「そう、ですね。動転してすみません。お見苦しいところをお見せしました」

「見苦しくなんてありません。大切な方なのですから、そうなってあたり前です。一之助を寝かせてくるので……」

「あとは私が。千鶴さまもお休みください」

千鶴はすずの帯を緩めてから、一之助の待つ奥座敷へと向かった。

時折うなり声をあげるすずの額の汗を拭いながら、先ほどの言葉の意味を考える。すずはみずから、死神が悪しき存在ではないと証明しようとしたのだろうか。そのために、調子が整っていない体で薄暗い神社にひとりで乗り込んでくるなんて、あまりに無茶すぎる。

浅彦はやきもきしながらすずを見守り続けた。

夜が更《ふ》けても、千鶴が何度も覗きに来てくれる。

「浅彦さん、あまり思い詰めてはいけませんよ。すずさん、すぐによくなりますから」

「わかっているのですが……」

数日先までの死者台帳は確認しているため、すずがこれをきっかけに旅立つことはないと知っている。しかし、その先は恐ろしくて見られない。最近は、死者台帳をめくるたびに呼吸を止めている自分に気がついている。すずの名があったら……と緊張してしまうのだ。

「大丈夫。熱も下がってきましたよ。無理されただけです、きっと」

千鶴の励ましでようやく落ち着きを取り戻した浅彦は、朝まで看病を続けた。

すずが目を開けたのは、千鶴が朝食の準備をしている最中だった。

「すずさん！」

「あ……。浅彦さん。私……」

起き上がろうとするので慌てて止め、口を開く。

「神社で倒れていて、勝手ですがここに運びました」

「すみません。……ここは浅彦さんのお宅ですか？」

すずは周囲を見回して驚いている。長屋とは比べ物にならないほど立派な屋敷だからに違いない。

「はい。ほかに家族がいまして」

「ご結婚されているんですね。すみません、私……」

「ち、違います。昨日もうひとりいた私の師匠のような方と奥さま。他に子がふたりいます」

誤解されそうになって、浅彦は慌てた。しかも八雲との関係を説明できず〝師匠〟とごまかしてしまった。

「そうでしたか。皆さまにご迷惑を……」

「迷惑だなんて思っていませんから、ご心配なく。昨日はどうしてあんな時間に神社に？」

単刀直入に尋ねると、生贄の話をしてくれた。その生贄にみずから志願して死神の潔白を晴らそうとしたと言うから、目が飛び出そうだ。

「そんな無茶なことはしないでください」

「でも、このままでは同じようなことが何度も起こります。そのたびに苦しむのは、私たち末端の工員なのです」

すずは、仲間が恐怖を抱いたり苦しみを感じたりすることに耐えられなかったようだ。

「私はあの神社についてよく知っていますが、あそこで誰かが亡くなったことは一度もありません。死神は道理に合わないことはされないはず」

生贄になった千鶴が、死神と恋を実らせ子までもうけて、今は楽しく芋粥を作っていると知ったら、ひどく驚くとともに安心するだろう。

昨晩儀式から戻ってきた八雲から、『お前が必要だと思ったら、死神だと明かしても構わない。すずなら他言するようなことはないだろう』と言われている。けれど、さすがに話せなかった。

「よかった」

すずはよほど思い詰めていたのか、うっすら涙を浮かべている。

「今はすずさんの体が心配です。なにも考えずにゆっくり休んでください。飲み物、持ってきますね」

浅彦はいったん部屋を出た。

千鶴が苦渋の思いで犠牲になったというのに、人間はまた同じ過ちを犯そうとしているのか。

激しい怒りが湧いてきて、手を強く握りしめる。

すずを守りたい。

浅彦はそう強く思った。


それから二日。すずはどんどん元気を取り戻していった。千鶴と気が合うようで仲良くなり、一之助も優しいすずになついている。

浅彦は儀式以外のほとんどの時間をすずに費やし、甲斐甲斐しく世話を焼いた。ようやく前世の罪滅ぼしができるような気がしたからだ。

もちろん、命まで落としたのだからこれだけで足りるとは思っていない。ただ、これまで幸せを祈るしかなかった浅彦は、すずの世話ができることがうれしくてたまらなかった。

顔色がよくなったすずは笑顔を絶やさず、屋敷も一段とにぎやかになった。しかし二日目の夕刻、いきなり正座した彼女が頭を下げた。

「見ず知らずの私を看病してくださってありがとうございました。私はそろそろ帰ります。皆さんが温かくて、また頑張れそうです」

見ず知らずではない。たったひとり、愛した女性だ。

しかし、浅彦はそれを明かす勇気がどうしても持てなかった。

「工場はしばらくお休みなんですよね。もう少しここにいては……」

引き留めたい一心で言うも、すずは首を横に振る。

「これ以上親切にしていただいたら、帰りたくなってしまいます。とっても居心地のいいお宅で、浅彦さんもお優しくて……」

そう口にしたすずと視線が絡まる。なにか言いたげに見えるのは、単なる浅彦の願望だろうか。

「優しいのはすずさんです。工員たちの不安はわかります。でも、あなたが犠牲になる必要はない」

彼女は前世でも今世でも、つらいことに耐えるのに慣れすぎなのではないかと心配だ。

「私は死神さまがどうしても命をお望みだとは思えなくて。それに、浅彦さんが違うとおっしゃったから」

「すずさん……」

まさか、自分の発言を信じてみずから生贄になろうとしたのだろうか。

嘘はついていないとはいえ、申し訳ない気持ちでいっぱいになる。と同時に、信じてもらえたのがありがたかった。

「それでは、暗くなる前に帰ります」

すずがすっくと立ち上がると、浅彦は無意識に眉間にしわを寄せた。

帰したくない。このままずっと一緒にいたい。そんな気持ちがあふれそうになり、ぐっとこらえる。

「お送りします」

苦々しい気持ちを隠しながら浅彦は玄関へと向かった。

途中出てきた八雲と千鶴に、すずは丁寧なお礼の言葉を口にする。千鶴はその様子を少しうしろで見ていた浅彦のところまできて、そっと耳打ちをした。

「すずさんなら大丈夫。浅彦さんの思うままに」

それはどういう意味なのだろう。彼女に死神だと明かして、引きとめてもよいということだろうか。

「浅彦、送って差し上げなさい」

「承知しております」

いよいよ別れのときだと思うと、苦しい。しかし、もう会えないわけではないと心を無理やり落ち着かせた。

玄関を出て門まで行くと、浅彦は口を開いた。

「すずさん。訳あって、この屋敷の場所を知られたくありません。申し訳ないのですが、私の腕につかまり目を閉じてくださいませんか？」

なんとも不思議な申し出だと思いつつも、そうするしかない。

なにか質問されるのではないかと身構えていたものの、すずは「はい」と返事をして言う通りにしてくれた。

「それでは」

浅彦はゆっくり足を進めて、門の戸を開く。しかし、どうしてもその先に進めなかった。

帰せない。このまま帰したら後悔する。

すずがもし、目の前で旅立つようなことがあれば、想いを伝えなかったことを悔やむだろう。それに、前世の罪を告白して謝罪したい。たとえ拒まれようが嫌われようが、なにも伝えないよりはいい。

「……あの」

浅彦は思いきって口を開いたけれど、すずは約束通り目を閉じたままうなずいている。

「お話ししたいことが。目を開けてください」

「お話、とは？」

ゆっくりまぶたを持ち上げたすずは、浅彦の腕を握っていた手を照れくさそうに放してから言った。

「これから驚くようなことを申します。でも誓って、あなたに危害を加えるつもりはありません。それだけは信じていただけませんか」

彼女を怖がらせたくない。

浅彦が前置きをすると、すずは不思議そうな顔をしながらもうなずいた。

「浅彦さんが私に危害を加えるなんて、考えたこともございません」

「ありがとうございます」

すずに信じてもらえるのがありがたく、浅彦は大きく息を吸い込んでから話し始めた。

「私は、死神について今まで何度か話をしましたが、あれはすべて事実です。死神が生贄を欲するようなことはありませんし、人の命を奪うこともない。すずさんの言う通り、寿命が訪れた方を黄泉に導いているだけ」

「はい。信じます」

すずは真剣な表情で耳をそばだててくれる。『信じます』という言葉がどれだけ心強いか。

「私がどうしてそれを知っているかと言いますと……」

浅彦はそこで気持ちを落ち着けるために、もう一度深呼吸してから続ける。

「私や八雲さまが、その死神だからです」

とうとう明かしてしまった。

すずの反応が怖くてたまらなかったが、意外にも彼女は恐怖で顔を引きつらせるようなことはない。ただ、何度も瞬《まばた》きを繰り返し、放心していた。

「私は……あなたを好いています。他人思いで優しくて、しかも強くて……前世からずっと、あなたのことを」

「前世？」

すずがようやくという感じで声を絞り出す。

「私はもともと人間で、前世のあなたに恋をしました。でも、私が自分の気持ちを優先するあまり、すずさんが命を落とすことになってしまった。申し訳ありません」

男たちに襲われたとはどうしても言えなかった。忘れているなら掘り起こしたくない。けれど、自分がきっかけですずが旅立ったことを謝罪した。

「謝っても許されないのはわかっています。ですが、私にはこうすることしかできなくて」

浅彦は、頭を下げ続ける。

「やめてください」

すずに肩を持ち上げられて顔を上げると、視線が絡まった。

「し、死神さまなのにはびっくりしましたし、なんと言ったらいいのか……混乱していて。私……死神さまに看病していただいたの？」

いきなりとんでもない話を聞かされたのだから、それが素直な反応だろう。

「驚かせてすみません」

「いえ、申し訳なくて。だって、死神さまですよ。私のような存在が、気軽にお話できるような方ではないですよね。それなのに私、慰めていただいたり、助けていただいたり……。なんて失礼な」

少し早口のすずが、慌てているのが伝わってくる。

「失礼なんかじゃありません」

「本当に申し訳ありません。でも、死神さまが浅彦さんのようにお優しい存在でよかった。やっぱり死神さまは怖くないんだ……」

すずは混乱しつつも、自分を納得させるかのように話し、うなずいている。

「ただ、浅彦さんに前世でもお会いしていることは思い出せなくて」

すずは気まずそうに話すが、思い出せなくて当然だ。

「もちろんです。魂は黄泉に旅立つ際に記憶を失います。ただ、私たち死神にもよくわからないのですが……強い因縁があると、その人の近くや関係のあるところに生まれ変わったりするようで」

「そうなんですか」

困惑気味だったすずが柔らかな表情を浮かべるので、浅彦はほっとした。

「それでは、私は浅彦さんに会いたかったのかもしれません。今、とても満ち足りているのです」

「満ち足りて？」

「はい。狐《きつね》につままれたような気分ですし、びっくりしたのはもちろんですが、それよりこのあたりが温かいというか……」

すずは胸を押さえて目を細める。

「でも、私は前世のあなたを苦しめてしまった。本当に、本当に申し訳ありません」

浅彦はもう一度腰を折った。

いっそ罵倒してくれればいいのにとも思うけれど、すずには記憶がないのだからできないのだろう。

「もうやめてください。前世があるなんて驚きしかないですけど……。私、会いたい人がいるとお話ししましたよね。あれは浅彦さんだったんじゃないかと思うんです。初めて声をかけていただいたとき、すごく救われた気がしたんです。ほっとしたというか……」

すずは浅彦を慰めるように微笑んでみせた。

「浅彦さんに会いたかったのだから、恨んでなんかいなかったはず。そっか、私……浅彦さんに会いたかったのか。会えてよかった」

すずが本当にうれしそうに語るので、浅彦の気持ちが高ぶっていく。

「すずさん……。私と……私と今度こそ一緒に人生を歩いてくださいませんか？ 今世では必ず私がお守りします。ですから」

まだ死神がなんなのかも話せていないし、今の彼女の心が自分に向いているわけでもなく、性急すぎる願いに違いない。しかし、長い間すずを待ち続けた浅彦は感情が爆発してしまった。

「あっ……。浅彦さんのお気持ちはとてもうれしいのですが」

すずがそう話し始めたとき、浅彦の胸に絶望が広がった。この先を聞きたくないのに、聞くべきだという矛盾した気持ちに支配される。

「申し訳ありません。私は帰らなくては」

もう何年このときを待っていたのかわからない。一度はあきらめ、彼女を死へと追いやった罪の意識に押しつぶされそうになり、儀式を失敗した。けれども、八雲や千鶴のおかげですずを待つという希望が見えて立ち直ったのに、こんなふうにあっさりと砕け散ってしまった。

しかし、受け入れるしかない。前世の自分はすずを苦しめ、今は死神という彼女にしてみれば信じられないような立場で話をしているのだから。

『会えてよかった』というすずの声が弾んでいるように聞こえたのは、彼女が優しいからだ。本当は死神など恐ろしくて、前世の因縁など切り捨ててしまいたいのに、誰かを傷つけることができないすずは、うれしい振りをしたのだ。

「そうですよね。突然、こんなことを言われても困りますよね。申し訳ありませんでした」

「いえ、あの──」

「ここから出るには、死神に触れていなければなりません。今、八雲さまを呼んでまいります。お待ちください」

すずがなにかを言いかけたが、浅彦はあえて聞かずに屋敷に駆け込んだ。

きっと優しい言葉をかけてくれるに違いない。しかし、それを聞いてしまったら、もっとつらくなる。

浅彦はすずを笑顔で見送る自信がなく、八雲に助けを求めた。すると八雲は目を見開いて驚いていたものの、快く承知してくれた。

◇◇◇

すずを見送りに行ったと思った浅彦が、真っ青な顔ですぐに戻ってきた。

「すずに、私たちが死神であることを話しました。一緒に生きてほしいと伝えましたが、断られました。申し訳ありませんが、彼女を神社まで送り届けていただけませんか」

奥歯を噛みしめ、必死に冷静を保とうとする浅彦に代わって、八雲はすずのもとに向かった。

「お待たせしました。私が怖くはありませんか？」

死神だと話したのであれば、緊張を解いたほうがいい。そう思って尋ねると、すずは「大丈夫です」と答える。

「死神さまは生贄なんて望まれていないとよくわかりましたから。だって、助けてくださったんですもの。死神さまは、魂を黄泉に導いてくださるんですよね」

「その通りです。でも怖がられても仕方がない。ただ、ここを出るまでは少し我慢してください。それでは参りましょう。私の腕を握っていただけますか？」

すずは無理をしているようには見えなかったものの、千鶴のように強がっているだけかもしれないと思い、そう言ってから彼女に腕を差し出した。

控えめに八雲の腕に手をかけたすずは、沈んだ顔。やはり、恐怖を抱いているのだろうか。

木々の間を吹き抜けてくる湿り気を含んだぬるい風が、この地の禍々《まがまが》しさを増強させているようで少し困った。

無言で進んだものの、社に到着したところで八雲は口を開く。

「もう手を放しても大丈夫です。……お別れする前に、ひとつだけ聞いてもよろしいでしょうか」

「はい」

浅彦と同様、顔色が優れないすずは小声で返事をした。

「浅彦の申し出を断られたとか。それは、突然すぎたからですか？　それとも、やはり私たちが死神だからでしょうか。もしくは、浅彦自体を受け入れられないからですか？」

あまりに直球すぎる質問かもしれないと思ったけれど、浅彦のためにもはっきりさせておくべきだ。

唐突すぎたのであれば、もっと交流を深めて気持ちを伝えていけばいい。しかしそれ以外であれば、残念ながら結ばれる運命ではないのだろう。

今までうつむいていたすずは、胸の前に持っていった手をギュッと握りしめる。そしてきりりと顔を上げて、八雲に意志のある強い視線を送った。

「どれも違います。私はどうしても帰らなければならないのです。そうでなければ、死神さまが生贄を必要としているという悪評がますます広がります。こんなに優しい方々を悪く言われたくないんです」

想像していた答えとはまったく違い、八雲は驚きを隠せない。

「それでは……私たちが怖いわけでも、浅彦が嫌いなわけでもないのでしょうか」

八雲は念押しするように、そして期待を込めて問う。

「神社で初めて浅彦さんに会ってから、ずっと彼のことを考えていました。浅彦さんが泣かせてくれたから、壊れそうになっていた気持ちが落ち着きました。私がずっと会いたいと思っていた人が浅彦さんだったらどんなにいいかと、何度も考えて……」

すずは苦しげな顔で唇を噛みしめる。

「お会いするたびに、浅彦さんに惹《ひ》かれていくのがわかりました。でも、少し優しくしていただいたからといって、そんなふうに思うのはおかしいのではないかとか、はしたないのではないかと」

おそらくふたりは、本能で結ばれているのだろう。惹かれていくのが急速すぎて戸惑うほど、強い絆が間違いなくある。

そう感じた八雲は、うなずいてから口を開く。

「……実は、千鶴は人間なのです」

「えっ？」

すずは大きな目をいっそう見開き、短い驚きの声をあげた。

「千鶴を幸せにするためには手放すべきだと葛藤したこともありました。死神と一緒では、彼女は幸せになどなれないのではないかと。ただ、運命の相手とは離れられないものです。……それでは、またお会いできることを祈っています」

八雲が会釈をすると、放心していたすずは我に返り、腹の前で両手をそろえて丁寧に挨拶をしてくれた。


屋敷に戻ると、案の定浅彦は瞳に絶望の色を宿していた。

無理もないだろう。すずを亡くしてから、浅彦の頭の中は彼女のことでいっぱいだったのだから。

すやすやと眠る崇寛の前で、新しいおしめを手にしてはまた戻すという意味のない行動を繰り返す浅彦に、再び気力を呼び戻すにはどうしたらいいだろう。

八雲は浅彦の後方に座り、しばらく考えていた。

すると廊下から千鶴の足音がする。一之助と一緒かと思ったが、ひとりのようだ。

「千鶴」

八雲が呼ぶと、浅彦がビクッと反応している。どうやら八雲が帰ってきたことにも気づいていなかったらしい。

八雲は障子を開けて入ってきた千鶴の腕を引き、自分の膝の上に座らせた。

「や、八雲さま?」

頬を赤く染める千鶴が逃れようともがくも、もちろん放さない。

「一之助は寝ているのか?」

「はい。遊び疲れたようでぐっすりです」

「それでは、私たちの時間だ。夫婦なのだから、こうした触れ合いもたまにはいいではないか」

「でも、ちょっと……」

千鶴が盛んに浅彦を気にしている。つい寸刻前に、最愛の人から拒まれたばかりの彼に気を使っているのだ。

しかし八雲は千鶴の腰に回した手に、いっそう力を込めた。

「失礼します」

いたたまれなくなったのだろう。難しい顔をした浅彦が立ち上がり、部屋を出ていこうとする。

「千鶴への言葉が足りないと私を叱ったのはお前だ」

浅彦の背中に向かって八雲が声をかけると、彼は振り返ってはっとした顔をする。

「お前はすずに嫌いだと言われたのか？　言葉を尽くしたのか？　幸福はみずから手繰り寄せるもの。待っているだけで転がってくるほど甘くはない」

続けてそう伝えると、千鶴は八雲がこれみよがしに膝の上に抱いたのがわざとなのだと気づいたようだ。体から力が抜けた。

「お前は台帳のすずの名を確認したのか？　怖くてできないだろう。明日旅立っても未練もないならなにも言わない。私も千鶴の死期を確認する度胸などない。直前になって知ることになるだろう。だからこそ、後悔のないように毎日こうやって愛を注ぐのだ」

残念ながら死神は、愛おしい人の死の時刻ですら変更できない。死者台帳に千鶴の名前を見つけたときの衝撃を思うと、今から身震いするほど恐ろしい。しかし、何年も、何十年も前に把握してその日が来るのを恐れながら暮らすくらいなら、今日を全力で生き、そして愛を注ぎたい。

八雲は千鶴と生きていくと決めてからそう考えている。

「今晩の儀式は私ひとりで行う。今から明日の夜まで、お前は自由の身だ」

「八雲さま……。ありがとうございます」

泣きそうな、それでいて凛々しい顔をした浅彦は、屋敷を飛び出していった。

「八雲さま、少々荒療治ではございませんか？」

千鶴が心配げに話す。

「すずが浅彦にまったく気がないのであれば、こんなことは言わぬ」

「それじゃあ……」

千鶴は興奮気味に八雲の肩を握った。

「妻の笑顔はいつ見ても美しいな」

「あっ、もう下りてもよろしいですよね」

どうやら膝の上のままだったことなんて頭から飛んでいたらしい。千鶴は身をよじるが、八雲は許さない。

「だめだ。せっかくの夫婦水入らずの時間なのだぞ。私にも愛を伝えさせてくれ」

八雲は千鶴を引き寄せて、唇を重ねた。

◇◇◇

浅彦は走った。神社からすずが暮らす長屋へとひたすらに。すでにあたりは暗闇に包まれつつあり、小石川の街も人影が少なくなっていく。

八雲に『お前はすずに嫌いだと言われたのか？　言葉を尽くしたのか？』と問われ

て、気がついた。嫌いだと言われてもいないし、彼女は『私は帰らなくては』と漏らしただけ。それ以上なにも聞かず、そして話さずに逃げてしまった。

何百年も待ったのに、このありさま。なんと自分は弱いのだろうとあきれる。

求愛が唐突すぎてすずが戸惑っているのならば、これからじっくり愛を伝えていけばいい。死神という存在が受け入れられないとしても、その責務についてまだ詳しく話せてはいないではないか。受け入れてもらえる余地はある。それに……彼女に嫌われるようなことをした覚えはない。

否定的な考え方ばかりしていて、可能性を勝手につぶしていた。

厚かましく〝自分についてまだわかってもらえていない。あきらめるのは早い〟と考えられれば、あんなに簡単に帰したりはしなかったはずだ。

以前浅彦は、千鶴に対する八雲の態度を見ていて、あれほど堂々としていて行動力のある八雲がなぜもっと踏み込んでいかないのだろうと不思議だったが、自分も同じ。大切だからこそ簡単ではないのだと身をもって知った。

長屋の前に到着して思いきって声をかけると、別の女性が顔を出し『すずはずっといないんです。どこに行ったんだか』と教えてくれた。

「どこだ……」

八雲の屋敷からここには戻っていないと知った浅彦は、小石川を捜し始めた。

工場が休みだからと実家に戻った者もいると聞いたが、彼女の両親はすでに亡くなっていて天涯孤独。ここ以外に、帰る場所などないはずだ。

前世で男たちに襲われたことを思い出して、背筋が凍る。

もしや、戻る途中でなにかあったのかもしれない。いや、神社からここに来るのに最短の道を通ってきたが、それらしき姿はなかった。

浅彦は焦る気持ちを必死に抑えながら、日が落ちて暗闇に包まれた街を走り回った。

――すず。お願いだ。無事でいてくれ。

肩で息をしながら目を凝らす。死神は夜に動くため夜目は利くほうだが、なかなかすずを見つけられず、頭を抱えた。

「捜せ、捜すんだ」

浅彦は自分を鼓舞した。

たとえ思いが通じなくても、今度こそ守ると決めたのだ。前世のような悲惨な出来事に遭う前に、早く。

再び走り始めると、三条紡績の工場のほうから頬を拭いながら歩いてくるすずを見つけて、息をするのも忘れる。

「いた……。すずさん！」

浅彦はなりふり構わず叫ぶ。すると彼女は驚いた様子で足を止めた。すずのところまで駆け寄り顔を覗き込むと、頬に涙の跡をみつけて眉をひそめる。

「どうしたんですか？ なにがあったのです」

「ごめんなさい。……ごめんなさい」

目に溜まった涙をほろりとこぼしながら、すずはなぜか頭を下げる。

「なぜ謝っているのですか？ すずさんは、なにも悪いことなどしていません」

自分の申し出を断ったことを気に病んでいるのかと心配した浅彦は、彼女の頬の涙をそっと拭う。

「私……。『死神さまのところに行ってきたけど帰されました。死神さまは人間が黄泉に旅立てるように導いてくださる存在で、悪意の欠片《かけら》もありません』と工場の指南役の方に話してきたんです。生贄なんて必要とされていないとわかってほしくて」

「えっ……」

すずの発言が意外で、浅彦は絶句した。

「でも、死神さまに会ったなんて嘘だと。生きて帰れるわけがないと、信じてもらえませんでした。浅彦さんや八雲さんにあんなによくしていただいたのに、死神さまの汚名をそそげませんでした」

そんなことで泣いているとは。

すずの優しさに胸が震える浅彦は、彼女を抱きしめてしまった。

「すずさんが謝る必要などありません。私たちのために、そこまで考えてくれていたとは。……もしや、帰らなければならないと言ったのは、このためですか？」

八雲はそれを知って自分を煽ったのではないかと思ったのだ。

「はい。私が戻らなければ、死神さまは生贄を望む恐ろしい存在だと証明したようなもの。でも、戻っても同じだった……。なんの力にもなれなくて、ごめんなさい」

すずの配慮に浅彦の瞳も潤む。恐ろしいはずの死神のために駆けずり回ってくれる人間が、他にどこにいよう。

悪くなどないのに何度も謝るすずの心の清らかさに、浅彦の恋心はますます募る。

「すずさんが私たちを理解してくださるのが、うれしいです。あなたの優しい気持ちに気づかず、また離れてしまうところでした。私は人間ではなく死神だ。しかし、あなたを想うこの気持ちは誰にも負けない」

浅彦は思いの丈を打ち明けた。すると腕の中のすずは、浅彦の着物を強く握りしめてくる。

「死神が恐れられた存在であることは百も承知です。すずさんにも迷惑がかかるかもしれない。でも、私が必ずお守りしますから。あなたとともに生きたいのです」

八雲が千鶴に人間としての平凡な幸せをと考えたように、浅彦の頭にも同じような思いがよぎる。しかし、どうしても放したくない。

「……もし嫌ならば、はっきり拒んでください。もう二度とこんなふうに付きまとったりはしません。ただ、すずさんの幸せを願うことだけは許していただけるとありがたい」

すずと浅彦の間にある問題は、簡単に解決できるものではない。浅彦が死神であることは受け入れてもらうしかないのだ。しかし、人間の伴侶と幸せを求めることができるすずに、無理強いできなかった。

拒まれたら、また次の世で巡り合えることを祈って生きていこうと腹をくくる。

「……私」

すずの小さな声が聞こえてきて、緊張が走る。けれど、彼女の胸の内をすべて聞く覚悟はできていた。

「私、浅彦さんをお慕いしています。初めて神社で会った日から、浅彦さんのことばかり考えていて……」

「ほ、本当ですか？」

すずの言葉に気持ちが高ぶる浅彦は、彼女の背に回した手の力を緩めて顔を覗き込む。

「少しお話ししただけの方に恋心を抱くなんて、はしたないですよね」

「そんなことは決して。……魂が、反応したのではないでしょうか」

あんな命の落とし方をして、すずはさぞかし恨んでいるだろうとずっと思ってきた。しかし自分の幸せを祈りながら黄泉へと旅立ったと八雲から聞かされ、すずは最期の瞬間まで自分を想ってくれていたのではないかと望みを抱いた。そうであれば、遠く離れた場所にいても、ふたりの魂はずっとつながり続けてきたのではないかと期待してしまう。

「そうだとしたら、なんて素敵なんでしょう」

彼女は少し恥ずかしそうに言葉を紡ぐ。そのひと言で、とてつもなく長い間、心に抱いてきた彼女への気持ちが報われた。

「すずさん……」

「こんな私でもよろしいでしょうか。浅彦さんのおそばに置いていただけますか？」

「もちろんです。大切にします、全力で」

笑顔でうなずくすずの目尻からこぼれ落ちたのは、喜びの涙に違いない。

浅彦はもう一度すずを強く抱きしめ、心地いい胸のしびれに酔いしれた。

家族の絆は色褪せず

崇寛が屋敷にやってきてから、はやふた月。

みずみずしい若葉の香りを含んだ風が庭を吹き抜けていく。

裸足になって遊ぶ一之助の影は短くなり、縁側から崇寛を抱いてその様子を眺める千鶴も、うっすらと汗ばむ陽気となった。

子供の成長は早いもので、崇寛はずっしりと重くなり、しわくちゃだった顔もふっくら整ってきている。

黒目がちな涼しい目元はどことなく八雲を連想させ、愛らしいぷっくりとした唇は千鶴にそっくりだと、浅彦が盛んに話す。

崇寛は抱かれていると安心するのか、はたまた一之助の元気な笑い声がうれしいのか、手足を動かして喜んでいるようにも見える。

すずと心を通わせた浅彦は、小石川の街に行っては逢瀬《おうせ》を楽しんでいる。

三条紡績の労咳は工場を閉鎖したおかげか急速に収束し、生贄の話も立ち消えとなったようだ。

そんな中、千鶴は八雲とともに崇寛を連れて紅玉《こうぎょく》のもとを訪ねることにした。無事に生まれた報告と、崇寛が死神なのかどうかを確かめたいのだ。

「それでは、一之助。浅彦の面倒は任せたぞ」

朝食のあと、八雲が一之助にそう伝えると、浅彦は小さなため息をついている。何度も見慣れた光景は、千鶴の心を和ませた。

「はーい。行ってらっしゃい。崇寛、早く帰ってきてね」

すっかりお兄さんらしくなった一之助は、千鶴が抱く崇寛の手を握って語りかけた。

「一之助、寂しい思いをさせてごめんね。帰ってきたらうーんと遊ぼう」

呼び捨てに慣れず、しばしば〝一之助くん〟と呼んでしまっていた千鶴だが、最近はようやく板についてきた。

「うん！」

一之助が千鶴に抱き着くのは、もちろん寂しいからだ。しかし、笑顔で手を振る彼はずいぶん心が成長した。

八雲は崇寛を抱く千鶴の腰に手を回し、紅玉のいる場所へと行ける呪文を唱え始める。和泉《いずみ》の件のときとは違い、今日は穏やかな気持ちで向かえる。

目を閉じて呪文を聞いていると、やがて体がふわっと浮き、別の空間へと飛んだことがわかった。ゆっくりまぶたを開いていくと、以前とは違いそこは明るく、紅玉と先代さまが待ち構えていた。

「よく来たね」

先代さまが長いあごひげを撫でながら言う。

隣に立つ京藤色の着物を纏った紅玉は、幽閉を解かれたばかりのときより、ずっと表情が柔らかい。

「いらっしゃい。その子がふたりの子ね。目元が八雲にそっくり」

紅玉は千鶴の腕の中でにこにこと愛想を振りまいている崇寛を覗き込んで言った。

「崇寛と申します。本日は無事に生まれたご報告と、いろいろお尋ねしたいことが」

八雲が切り出すと、紅玉は微笑んだ。

「おめでとう。……この子が、死神かどうかを聞きたいのね」

どうやらすべてお見通しのようだ。紅玉があっさりと返す。

「はい」

八雲がうなずくと、紅玉は千鶴をちらりと見てから口を開いた。

「千鶴さんのその顔は、どちらでもいいという顔かしら」

「はい。死神さまがどれほど人間のために心を砕いてくださるかわかったので、もしこの子が死神だとしても誇りに思います。もちろん人間でも大歓迎ですが」

とはいえ、生む前はあれこれ考えた。しかし崇寛を腕に抱いた瞬間、なにも思い悩むことはなかったとわかった。どちらだったとしても尊い我が子に変わりないからだ。

「そう。八雲はいい婚姻をしたようね」

「はい。自慢の妻です」

そんなふうに言われると面映《おもは》ゆく、千鶴の頬は上気する。

「それじゃあ率直に言うわ。彼は死神です」

千鶴や八雲の予想通りだった。死神の血はたった一滴で甚大な影響を与えるのだから、八雲の血を引く崇寛が死神であるのは、当然と言えば当然だ。

崇寛は永遠の命を授かった。しかし、八雲たちのように思い悩むときもあるだろう。そうしたときに乗り越えていけるように、存分に愛を注ぎ、他人の温かさを教えておきたい。

千鶴は、珍しく泣きだすこともなく自分の指を舐《な》め始めた崇寛を見ながら、そんなことを考える。

「あの……」

何度もここに来ることはできない。聞いておきたいことは全部聞いておこうと口を開く。

「私、子育てに右往左往していまして。八雲さまや浅彦さんの手がなければ、とてもひとりで面倒を見ることができません。そんな情けない母親で――」

「情けなくなどない。お前はよくやっている」

千鶴の発言を遮ったのは八雲だ。彼は断言した。

「人間の世は、なぜか子育ては女の仕事らしいが、皆がうまくできているわけではない。八雲は知っているだろうが、かわいいはずの子を手にかける者もいる」

先代さまが苦しそうに吐き出す。

一之助の父と母もそうだった。とても彼をうまく育てていたとは言い難い。

「無論、決まっていた命の期限だ。しかし、そうした光景は死神でもできれば見たくないもの。病や事故のほうがまだ救われる」

先代さまの言う通り。親に殺《あや》められる子の無念は筆舌に尽くしがたい。

「でも、あなたたちは安心して見ていられるの」

紅玉も続くので、千鶴はうれしかった。全力で子育てをしているつもりだけれど、日々足りないと反省することばかりで、自信をなくしつつあったからだ。

「ありがとうございます。力不足ではありますが、精いっぱいこの子に愛を注ぎます。ただ、死神としてはどう育てたらいいのかまるでわからなくて……」

八雲たちは親から離されて、翡翠《ひすい》から死神としての心得や呪文などを学んだようだ。けれど、当然千鶴にはその知識はない。

「真面目な人なのね」

紅玉は優しく微笑む。死神の頂点に立つ彼女も、人間となんら変わりないように見える。もちろん、千鶴には考えが及ばないような力を秘めていることはわかっているけれど。

「焦らなくていいわ。私たちは八雲を高く買っているの。死神としての矜持《きょうじ》がきちんと胸にあり、しかも確実にやるべきことはこなす。これは簡単なようで難しいのよ」

それには同意だ。感情が封印されていた頃から、死神としてどうあるべきかがしっかりと胸にあり、そのうえで儀式は完璧に遂行して、小石川の人間を救ってきた。

「そんな八雲の背中を見て育てば、死神としての心構えなどわざわざ教える必要はない。あとは儀式や呪文について学ぶだけね。そうしたことは、崇寛が成長してから私たちが教えても構わないわ」

紅玉の力強い言葉に安心した。八雲や浅彦の手を借りているように、困ったときは助けを求めよう。周囲の人たちに甘え通しで気が引けていたけれど、素直に頼らせてもらおうと思った。なにより、崇寛がすくすくと元気に成長することが一番なのだから。

「死神にもっとも必要なのは、魂を尊ぶ心。八雲にも千鶴さんにも備わっていると見える。だから私たちは少しも心配していないのだよ」

先代さまからもありがたい言葉をもらった千鶴は、八雲と顔を見合わせて頬を緩めた。

「それと……翡翠だけど」

紅玉が唐突に翡翠の名を出すので、空気が張り詰める。なにかあったのだろうかと、千鶴の心臓が早鐘を打ち始めた。

「気になってるだろうから、一応伝えておくわ。多くの死神に感情を戻したことで、翡翠に対する憤りの念を抱く者もいて、つらい思いをすることもあるようなの。でもそれは、翡翠が乗り越えなければならない試練ね」

紅玉のどこか突き放したような言い方は姉に対して厳しいようにも感じるけれど、大主《おおぬし》として死神の頂点に立つ者としては当然だろう。

「だけど、魁《かい》がいる。だから翡翠のこれからも心配していないわ」

紅玉の表情が瞬時に柔らかく変化した。姉妹としては、翡翠の幸せを願っているのだ。幽閉までされたのに実に寛大で、彼女の器の大きさを感じる。

「よかった……」

千鶴が漏らすと、八雲もかすかに微笑んだ。

「翡翠は竹子《たけこ》の魂の旅立ちを察したようだ」

「竹子さんの？」

先代さまの発言に、千鶴は目を丸くした。

遠く離れたひとつの魂についてまでわかるとは。翡翠や紅玉の能力の高さには驚かされる。

「翡翠はまだここには来にくいらしく、魁がひとりで報告に来たのだが、ふたりで墓参りに行き、親子の大切な時間を奪ってしまい申し訳ないと謝罪して泣いていたそうだ。感情を取り戻した翡翠が自分の過ちに向き合うことは、身を切られるほど痛いだろう。だが、私も紅玉同様、なにも心配していない。翡翠は必ず立ち直るし、私たちが支えるつもりだ」

先代さまと紅玉が率いる死神の世は、間違いなくこの先も安泰だ。

千鶴はしみじみそう思う。

厳しく律し、一方で心を入れ替えた者には惜しみなく手を差し伸べる。しかも人間のように、そのときの感情や対象となる者の違いによって、善し悪しが揺らぐこともない。

八雲だけでなく、死神たちから大切なことを教えられている気がして、千鶴の背筋は自然と伸びる。

「翡翠さんが前に進めていてよかった」

「それも、八雲と千鶴さんのおかげよ。あなたたちがいなければ、翡翠は自分の過ちに気づくこともなかったでしょう。もちろん私たちも、穏やかな気持ちで笑ってはいられなかったわ。感謝しています」

「とんでもないです」

紅玉に頭を下げられて、千鶴は恐縮する。

そのとき、崇寛が大きなあくびをしたので、皆で笑いあった。

死を覚悟して震えながら白無垢《しろむく》を纏い、神社に足を踏み入れたあの日。こんなふうに笑える日が来るとは到底想像できなかった。けれど千鶴は今、とても幸せだ。

「感情は死神にとって邪魔になることもたしかにある。でも最近になって、近くで悪霊が出ると手を貸しに行く者もいるの」

「そうでしたか」

八雲はうれしそうに目を細めている。

初めは荒くれ者という印象しかなかった松葉も、いまだぶっきらぼうではあるけれど、なにかと手を貸してくれるようになった。そもそも、心根は優しい死神なのだ。ただ、人間に罵倒され続けたあまり、ひねくれただけ。

「まあ、交流というものに慣れていないから問題も起こるけど。でも、そのために私たちがいるの。しっかり間を取り持とうと思っているわ。死神の世を豊かにして、死神としての矜持をこれからも守っていくつもり。どうかふたりも力を貸して」

「もちろんです」

紅玉の願いを八雲は快諾した。

◇　◇　◇

紅玉と先代さまのところから戻った千鶴は、とても穏やかな顔をしている。八雲はそれを見て安心していた。

崇寛が死神であろうことは、うすうす勘づいていた。死神の血の影響力を考えるとおそらくそうだし、なにより生まれたばかりの崇寛からわずかに死神の気を感じたからだ。

死神としてひとり立ちするには、儀式を受けなければならない。それまでは死神だったとしても、その気を発することはないと思っていたので少々驚いた。

もしかしたら崇寛は、紅玉や翡翠たちのように死神としての能力が高く、他の死神よりもあふれる気が多いのかもしれない。死神は互いの気を察することができるが、その強さはまちまちなのだ。

小石川周辺で一番強く感じるのは、松葉の気。松葉は決して儀式を失敗しないというけれど、それは死にゆく者を察したり、悪霊をすぐに見つけられたりするような能力が高いのも関係しているだろう。

ただ、崇寛が死神であることは千鶴にも黙っていた。大主の紅玉からはっきり宣言してもらったほうがいいと控えたのだ。何度も千鶴の心をざわつかせたくなかった。

崇寛が人間でも死神でも構わないと常々口にしていた千鶴だったが、本音は人間であってほしいのではないかと八雲は思っていた。千鶴は、永久の命を持つがゆえの弊害についてよく理解しており、崇寛に苦しい思いをさせたくないのではないかと勘ぐっていたのだ。

しかし、紅玉の前に立った千鶴は、少々緊張気味ではあったものの、どんな結果でも受け止めるというようなすがすがしい顔をしていた。

紅玉はそれに気づいたようで、崇寛をいともあっさり死神だと認めた。すると千鶴は少しも戸惑いを見せず、それどころか微笑み、愛おしそうに崇寛を見つめたのだ。

そのとき八雲は、自分の妻は本当にできた人間だと感心した。千鶴は八雲のことを器が大きいとしばしば褒めるけれど、彼女ほど器の大きな者を見たことがない。現実をあるがままに受け止め、なにがあろうとも他人のせいにはせず、困難に苦しみながらも這《は》い上がる。

そんな妻を持てたことを八雲は誇りに思った。

紅玉のところから戻って数日後。

「それでは、行ってくる」

湯浴みを終えた八雲は、乳を飲み終えたばかりの崇寛を抱いて玄関まで見送りに来てくれた千鶴に声をかけた。

「行ってらっしゃいませ」

優しく微笑む彼女だが、今日は天候がよくないせいか崇寛も一之助もどこか不機嫌で、ふたりの対応にてんてこ舞いしていた。

「千鶴。大丈夫か？」

「もちろんです。すみません、疲れた顔をしていたでしょうか」

実際疲れているのだからそれでいい。ただ、無理して笑顔を作る千鶴が八雲は少々心配なのだ。

「いや、お前はいつも美しいよ」

八雲は千鶴の頰にそっと触れてささやいた。目の下が黒ずんでいようが、唇がかさついていようが、八雲にとっては最高に美しい伴侶なのだ。

照れくさそうにはにかみ、たちまち頰を赤く染める千鶴が、八雲は愛おしくてたまらない。

――コホン。

わざとらしい咳払いは、八雲の後方で待っている浅彦だ。ふたりの世界に入るなと言っているのだろうが、浅彦もすずと心を通じ合わせてからしばしば惚気《のろけ》を口にしている。

「あ、あの……。お気をつけて」

八雲は平然としていたものの、千鶴は恥ずかしさに耐えられなくなったらしい。目を泳がせた。

「ああ。ふたりを頼んだ」

「承知しました」

帰ってきたら、千鶴をしっかり寝かせてやらなければ。

八雲はそんなことを考えながら小石川へと向かった。

「労咳が治まってから、儀式も減りましたね」

細い雨が降り続く中、隣を歩く浅彦が言う。

「そうだな。今晩はひとりだが……」

死者台帳に浮かんでいるのは、豊《ゆたか》という名の七歳の男児だ。死因は、失血死。一体なにがあったのかわからないけれど、病でなければ事故か事件のどちらかだろう。

「幼いですね。子の旅立ちはこたえます」

「そうだな」

黄泉が恐ろしい場所ではなく、その先には次の人生が待っていると知っている八雲も、今世にやり残したことがあるだろう若い世代の人間の儀式は、どうにも苦しい。

しかし印をつけずに悪霊にしてしまえば、輪廻《りんね》も望めなくなるのだから見送るしかないのだ。

八雲たちが足を向けたのは、豊の家ではなく小石川にある小さな診療所だった。

人々は長らく漢方医に頼ってきたが、最近は西洋医学が広まってきた。それに伴い病院の設立が進んできたとはいえ、そうした新しい医療の恩恵にあずかれるのは富裕層だけ。貧しい者は今までと同じように漢方医に診てもらうか、それすらできずに亡くなっていくかだ。

この診療所も漢方医がいるだけで、彼らが行う鍼灸《しんきゅう》治療や漢方薬の力では豊を救えないのだろう。

「参るぞ」

診療所の前で姿を消した八雲は、浅彦を促して中に進んだ。

涅色《くりいろ》のきしむ廊下を進んでいくにつれ、消毒と血なまぐさいにおいが鼻を突きだす。慣れてはいるが、気持ちいいものではない。

「ガーゼをもっと持ってきなさい」

「先生、これが最後です」

八雲は、医師と看護婦らしい切迫したやり取りが聞こえてくる奥の部屋を覗いた。

診察台の上には裸にされた男児がいて、右の後頭部から血が滴っている。

「止まらない。まずいな、これは。親とは連絡がつかないのか？」

「ぶつかった人力車の車夫が警察に行って探しているようです。でも、まだ連絡がありません」

どうやら豊は、どこの子なのかわからないらしい。

豊が青白い顔をして口をパクパクと動かしているのは、苦しいからなのかなにか言いたいからなのか。

最期の言葉を聞き届けたいが、医師や看護婦がいては難しい。残念だが、印を付けて見送ることしかできないようだ。

八雲が肩を落とすと、浅彦が「八雲さま、あれ」と小声で耳打ちしてきた。浅彦が差した指の先にあるのは、血に汚れた男児の着物と迷子札だ。竹子が息子の宗一《そういち》のためにこしらえたように、おそらく豊の母がつけたのだろう。

そうであれば裏に名前や住所が書いてあるはずだと、八雲はそっと近づいて見る。

ところが、迷子札の裏側は血がべっとりとついていて、判読できなかった。

せっかく母が子のために作ったのに、役に立たなかったのは残念だ。

豊の命はあとわずかだが、死神がここにいても助けられるわけでもない。残念な気持ちを持て余しながら浅彦に目配せをすると、彼は死神の血から作った液が入った容器を、着物の袂から取り出した。八雲がそれを指につけて豊に近づいていくと、豊の口の動きが大きくなる。

「……あちゃん。かあ……ちゃん」

母を呼ぶ切なげな声は、八雲の胸に突き刺さった。感情を取り戻して以来、特に幼い子の最期の叫びはかなりこたえる。おそらく、自分も親になったからだろう。

『なにもしてやれなくて、すまない。来世での幸せを願っている』

八雲がそう心の中でつぶやきながら豊の眉間に印を付けたそのとき、診療所にバタバタと慌ただしい音が響きだした。

「豊、豊！」

母かもしれない。

豊は虫の息だが、まだかろうじて魂はここにとどまっている。あとわずかで旅立つが、間に合うだろうか。

八雲と浅彦は、豊から少し離れてはらはらしながら見守った。

「ここです！」

看護婦が大声で叫ぶと、すさまじい勢いで引き戸が開き、髪を振り乱した小柄の女性が飛び込んでくる。

「豊？」

診察台に駆け寄った母は、変わり果てた姿の息子を前に、目を見開いている。

「母ちゃん来たんだから、目を開けて！」

「……か、あ……ちゃん」

豊が小さな声を振り絞った瞬間、彼の目尻から涙がこぼれ落ち、ガクッと力が抜けた。

「えっ……。なに？　豊？　どうしたの？　嫌よ、嫌ぁ！」

豊の体を揺さぶり取り乱す母と、臨終を悟ってうなだれる医師。なんとも残酷な光景だ。

八雲と浅彦は、深く一礼をしてその場を離れた。

ふたりは静寂の漂う小石川の街をしばらく無言のまま歩く。肌に纏わりつくようなじめじめとした湿り気を帯びた生ぬるい風が、八雲の沈んだ胸の内を表しているかのようだった。

先に口を開いたのは浅彦だ。

「豊は、母が来ると信じて待っていたのでしょうか」

「そうかもしれないな」

そもそも、この世に生を受けた瞬間にあの時刻に旅立つことは決まっていた。そのため、母が間に合ったのはたまたまかもしれない。

ただ、すずが浅彦の前に現れたように、説明できない力がしばしば働く。母が最期の瞬間に立ち会えたのは、豊の魂が母に会いたいと強く願ったからなのかもしれない。

やはり、親子の絆は強い。

豊は母に愛されて育ったのだろう。そして、迷子札を作って持たせた母も、彼を愛していたに違いない。愛情というものが紡ぎだす絆の強さに、唸るばかりだ。

八雲はふと足を止めて、雨が上がった空を見上げる。薄い雲の隙間から月が見え始め、八雲の足元を照らした。

千鶴の両親はどうしているだろうか。

罪を償ったあと埼玉で暮らす父の汚名をそそげそうだと千鶴が耳にしたらしいが、それからどうなったのかわからない。間違いなく気になっているはずなのに、千鶴が両親について口にしないのは、死神に嫁ぐという意味をよく理解しているからに違いない。

その存在を明かせず、どこにいるのかも漏らせない。

いったん人間の世に戻った千鶴が再び八雲のもとに帰ってきたとき、彼女はもう二度と両親には会えないという覚悟があったはずだ。八雲はその気持ちに甘えた。そうでなければ、千鶴とともに生きていけない。

本当にそれでいいのだろうか。

「八雲さま、どうされましたか？」

「すずの両親はどうされている？」

そういえば、そうしたことはなにも知らない。

「すずの両親は、東北の生まれのようです。小さな田畑を耕すだけでは生きていけず、すずがまだ生まれる前に小石川に来て、桶屋を営んでいたのだそうです。でも、千鶴さまが屋敷に来られるきっかけとなったあの流行風邪で、ふたりとも……」

「なんと」

まさか、あの流行風邪の際に命を落としていたとは、驚きだ。それでは、八雲か浅彦のどちらかが印を付けたことになる。

「病に侵されたとわかった両親は、移らないようにとすずを近所の家に預けたため、最期には立ち会えなかったとか。……実は私、桶屋の夫婦に印を付けた覚えがあります」

「そうだったか……」

あのときは旅立つ者の数が多すぎて、浅彦にも儀式をさせた。それがまさかすずの両親だったとは。やはり、因縁というものがあるような気がしてならない。

「千鶴さまのご両親が気になっているのですか？」

浅彦は普段鈍いくせして、時々鋭い。

「まあ……そうだ」

八雲は再び足を進めだした。

「八雲さまは、すずを信じてくださいましたよね」

「なんの話だ？」

「私がすずに胸の内を明かせずにいた頃、すずならば私たちが死神であることを話しても構わないと。彼女なら言いふらして回ったりしないだろうと」

たしかにそうだ。浅彦の想い続けた人は、そんな浅はかな人間ではないと信じていた。いや、前世のすずの最期の言葉を受け取った八雲は、彼女が他人を思いやれる優しい娘だと知っていたからかもしれない。

魂がその性格を引き継ぐかどうか定かではない。けれども、浅彦から聞かされたすずの言動はまさに前世の彼女であり、死神の名誉を守るために人間の世に帰らなければならないとすずが漏らしたとき、間違いなかったと確信した。

「だからなんなのだ」

浅彦がいつも意味ありげな言い方をするのが、八雲は少し気に入らない。たまには優位に立ちたい気持ちもわからないではないが。

「あの千鶴さまをお育てになったご両親ですよ。間違いなく立派な方です。華族としての矜持を千鶴さまに説かれたお父上は、冤罪《えんざい》だったのですよね？」

「そうだな」

千鶴は初めから父が罪を被《かぶ》せられたと思っていたようだ。そしてその通りだった父は、一本筋の通ったしっかりした人だと想像している。

「千鶴さまのご両親も、信じられる存在なのではありませんか？」

浅彦は、死神だと話しても大丈夫だと言いたいらしい。しかし、他人に漏らさないことを信じられても、死神に娘を差し出したい親などいるはずがない。そんな話を耳にしたら、命がけでも引き離すのが親というものだ。

「お前はもしすずの両親が存命だったら、死神の妻にくださいと言えるか？」

「あ……」

「千鶴は両親に心配をかけたくない一心で、三条家で働いていることにしてあるのだ。千鶴の気持ちも踏みにじりたくない」

「申し訳ございません。考えが浅はかでした」

浅彦は発言を反省しているようだが、自分たち夫婦を心配してくれているのはわかっている。

「いや、とても難しい問題だ」

もう二度と千鶴を手放すつもりはない。かといって、人間との婚姻であれば得られたはずの幸福を、千鶴から奪ってもいいのかというためらいもくすぶっていた。

それから十日。

暑い日が続いていたが、朝方に降った慈雨《じう》のおかげで幾分かしのぎやすい陽気となった。

一之助は庭の片隅に咲いていた朝顔のしおれた花で色水を作り、千鶴と遊んでいる。八雲は、先ほどまで真っ赤な顔をして大泣きしていた崇寛をなんとかなだめて、縁側から空を見上げていた。

「眠いと泣くとは……。赤子というものはよくわからぬ」

千鶴に乳をもらいそのまま眠ればよいのに、最近はひとしきり泣いてから眠る。

千鶴は「ちょっと大変です」と言いつつも、抱いて揺さぶったり、庭に出てみたりして、昼寝をさせている。八雲は千鶴ほどあやすのがうまくはないけれど、父として同じ苦労を分かち合いたいと、面倒を見ているのだ。

四半刻ほども泣き続けられて、嫌われているのではないかと思った頃に、突然泣き止み眠りに落ちた。

思うようにならず苦労が絶えないものの、寝顔を見ているだけで温かな気持ちになれる不思議な存在だ。

千鶴の両親も、こんなふうに彼女を愛しみながら、そしてときには振り回されながら大切に育てたのだろうか。

物音がしたため門のほうに目をやると、買い物に出ていた浅彦が戻ってきた。

「八雲さま!」

なぜか興奮気味の浅彦を、八雲は目で制する。そんなに大きな声を出したら、せっかく寝た崇寛が起きてしまう。すると浅彦は気づいたようで、両手を顔の前で合わせた。

八雲は奥座敷に崇寛を寝かせ、自分の部屋に向かう。ほどなくしてやってきた浅彦は、慌てた様子でうしろ手で障子を閉めた。

「どうしたのだ?」

すずになにかあったのだろうか。

「千鶴さまは?」

「一之助の部屋で面倒を見ている」

「そうですか。実は、噂を耳にしたのですが」

深刻そうな顔をする浅彦が、八雲の隣まできて小声で耳打ちした。

千鶴の居場所を確認したということは、彼女に聞かれたくないのだろうか。一之助の部屋は離れているためさすがに聞こえないだろうが、それほど聞かれたくないということなのかもしれないと勘ぐりながら、浅彦と視線を合わせた。

「それで?」

「はい。千鶴さまのお父上が、三条家を訪ねてこられたとか」

「父上が？　埼玉ではないのか？」

予想だにしない事態に、八雲は目を瞠る。

「それが、例の事件は自分がやったと秘書が白状したため冤罪だったと証明され、お父上は埼玉の大きな貿易会社の役員として迎えられたそうです。もともと爵位を持たれていた聡明《そうめい》な方ですから重宝されているようで、生活も潤ってきたらしく」

「まさか、それで千鶴を迎えに？」

八雲の質問に浅彦はうなずいた。

「千鶴さまは三条の当主に、生贄になったことは伏せて埼玉に仕送りを続けるように願い出たそうですが、当主はその通りにしていたそうで。ご両親は千鶴さまが三条家で働いていると思っていたのに姿がないのに驚かれ——」

当然の反応だ。

「三条家はなんと？」

「生贄に差し出したとは言えず、最近千鶴さまが行方をくらまして困っていると嘘をついたのだとか。腹立たしい限りです」

浅彦は悔しそうに唇を噛みしめた。

千鶴のせいにするなど言語道断。すべてはひとりの命を軽んじた三条家とその周りの者たちの浅はかさから始まっているのに、なんたる言い草なのか。

八雲のはらわたは煮えくり返る。

「それで、こちらを」

浅彦がくしゃくしゃになった新聞を八雲に差し出した。

「尋ね人……」

「はい。無論ご両親としてはあきらめられず、千鶴さまを捜し回っているようです」

新聞の片隅に【千鶴、埼玉で待つ】という間違いなく千鶴の安否を心配した広告が載っている。

「なんということだ」

八雲は頭を抱えた。

こうなれば、一度千鶴を埼玉に帰すべきなのかもしれない。ただし、戻してもらえる保証はどこにもなく、今生の別れとなりかねない。

乳をやらねばならないので、崇寛を連れていくべきだろうけれど、そうであれば父親が誰なのか追及されるだろう。

かといって、千鶴が失踪したままでは、両親は見つかるまで捜し続けるに違いない。和泉や竹子が宗一をあきらめられなかったように、八雲も、もし崇寛が突然姿を消すようなことがあれば血眼になって捜すはずだ。

「どういたしますか?」

浅彦の問いかけに、すぐに返事ができなかった。

ありえない恋に落ちてようやく腰を落ち着けて生活できるようになってきたところだった。千鶴はもう人間の世に戻らないという覚悟はあるだろう。一方で自分も親となった今、埼玉の両親の気持ちも痛いほどわかるはず。

「千鶴の考えを聞かねば」

「そうですが……」

浅彦が顔をゆがめるのはわかる。千鶴は八雲たちにとっていなくてはならない存在になっている。

とはいえ、ここにいてほしいという周りの者の気持ちばかりを優先するわけにもいかない。千鶴は千鶴自身のために生きているのだ。もう二度と誰かの犠牲になってほしくはなかった。

「ご両親は、今も小石川に滞在していらっしゃるのだろうか」

「三条の家を訪ねて来られたのは少し前らしく、埼玉に戻られたと。ただ、お父上は仕事でこちらのほうに出てくるたびに警察に足を運び、ご自身も捜し歩いていらっしゃるとの噂です」

父の苦しい思いが手に取るようにわかる。八雲は腕を組み、しばらく考えていた。

「浅彦。千鶴を呼んでくれ。一之助は少し任せてもいいか？」

「承知しました」

硬い表情のまま、浅彦は部屋を出ていった。

千鶴が八雲の部屋にやってきたのは、その直後。

「八雲さま、なにかご用だそうで」

疲れているはずなのに優しい笑み。産後しばらくして、眠れないのと忙しいのとで細い体が一層細くなってしまっていたが、少し戻ってきている。

「座りなさい」

「失礼します」

座布団を勧めると、千鶴はおくれ毛をそっと直してから座った。

「三条家に、埼玉のお父上が訪ねてこられたそうだ」

率直に伝えると、千鶴は目を見開いて腰を浮かす。

「父が？　どうして……」

それから八雲は、浅彦から聞いた話を打ち明けた。

しばし言葉を失い視線を宙に舞わせていた千鶴は、一度目を閉じて再び開ける。すると、驚きと困惑でいっぱいだった顔が凛々しく引き締まっていた。

「三条家に私がいないことは、いつか伝わると覚悟していました。以前、埼玉に赴いたとき、生活が落ち着いたら私を呼び戻したいと両親が話していましたから。その気持ちはすごくありがたいし、こんな……」

千鶴は目を潤ませて、自分の名が載る新聞を手にする。

「こんなことまでしてもらえて感謝しかありません。でも私は、八雲さまの妻なのです。ここから離れるわけにはまいりません」

千鶴の戸惑いや心の揺れが痛いほど伝わってくる。

帰れるなら帰りたい。でも、女学校の友人たちのように〝実家に里帰りする〟ではすまないのもわかっているのだ。両親にこの屋敷は明かせないし、生まれた子が死神だなんてもってのほか。

「しかし……」

本当にそれでいいのだろうか。

八雲の心も揺れていた。先日、豊の旅立ちに立ち会ったばかりなのもあるかもしれないが、しっかりとした愛情でつながった親子の絆は、簡単に切れるものではない。

「心配してくださって、ありがとうございます。両親には会いたい。でも、八雲さまに嫁ぐと決めたのは私なのです。埼玉の家を訪ねたとき、正直揺らぎました。ただ、どちらかを選ばなければならないとしたら、八雲さまとの未来だったのです」

自分は千鶴に甘えてばかりだ。

八雲がそう思っていると、千鶴がふいに手を握ってきた。

「そんな困った顔をしないでください。私は今、満たされているんですよ。それに、もっと幸せにしてくださるんですよね」

頬を緩める千鶴を、八雲は思わず抱きしめる。

「すまない。お前にはなにも犠牲にしてほしくないのに、無理強いをしてばかりだ」

「そのお気持ちだけで十分です。仕方ないですよ。八雲さまをお慕いしているのは私なのですから」

放せないのは八雲のほうだ。しかし千鶴は、自分のせいだと言う。ただその優しさに寄りかかるしかないのが、どうにももどかしかった。

それから数日。千鶴の表情は変わらない。間違いなく両親のことが気になっているはずなのに、一之助の前で暗い顔はできないのだろう。

「千鶴、少し休みなさい」

縁側でぐずる崇寛をあやしながら庭を駆け回る一之助の様子を見ている千鶴に声をかけ、崇寛を預かった。

「どうしたのかしら。おしめも濡れてないし、お乳も飲んだし……。さっき起きたばかりで眠いわけでもないだろうし」

言葉を話せないというのはなかなか不自由だ。けれど、一番不自由なのは崇寛自身に違いない。

「特に理由がなくとも、虫の居所が悪いときもあるだろう？」

八雲は、木の棒で地面になにかを描いている一之助に視線を送りながら話す。一之助はずいぶん気持ちが安定してきたが、時折はっきりとした理由もなしにふと気分が地までも落ちる。

「そうですね。天気が悪いと沈みがちですし」

「浅彦なんてしょっちゅうだ。あいつの不機嫌の理由はわかっているが」

小石川ですずに会ってはいるものの、すずが仕事だとすれ違う。会えなかった日は、帰ってきたときの顔がどんよりしていてわかりやすい。

八雲が指摘すると、千鶴は口元に手を置いてくすりと笑った。どうやら千鶴も浅彦の変化に気づいているようだ。

噂をするとなんとやら。その浅彦がすさまじい勢いで門から飛び込んできた。

「おかえりー」

気づいた一之助がすっ飛んでいく。土産を期待しているのだ。

「すまん。まんじゅうを買う暇がなかった」

「えー」

あからさまに抗議の声をあげて落胆を隠そうとしない一之助は、仕方なさそうに再び絵を描き始めた。

そんな一之助を尻目に、庭を横切って浅彦が近づいてくる。ちらりと千鶴を見た浅彦は、困った顔をした。

千鶴の両親の話に違いないと感じた八雲は、「とにかく中へ」と促す。気がつけば八雲の腕の中の崇寛は、すやすやと眠っていた。ぐずっていたのは、眠り足りなかったようだ。

「千鶴。崇寛を頼む」

八雲が崇寛を渡そうとすると、千鶴は深刻そうな顔で口を開く。

「私も同席してもいいですか？」

千鶴は勘がいい。両親についてだと気づいたのだ。

「そうだな。そうしよう」

もしかしたら聞かないほうがいい話もあるかもしれない。けれど、なにもかも知ったうえで、千鶴がどうしたいかを問いたいという気持ちもあった。

その望みを叶えられるかどうかはわからないけれど、明らかにしてふたりで乗り越えたい。

「一之助、少しだけひとりで遊んでいてくれるかな？」

「いいよー。崇寛、寝たんだね。僕が見てるよ」

一之助の頼もしい千鶴への返答に、八雲の頬は勝手に緩む。あれほど嫉妬心を抱いていたのに、今やすっかりいい兄だ。

あのとき、うやむやにしたり力でねじ伏せたりせず、しっかり向き合って話をしたから今があるのかもしれない。千鶴の両親についても、納得がいくまで話して最善だと思う道を探ろうと八雲は決めた。

奥座敷に崇寛を寝かせて一之助に子守を頼んだ千鶴は、八雲と浅彦が待つ部屋にやってきた。

「お待たせしました。浅彦さん、私の父と母のお話ですよね。なんの遠慮もいりません。すべてお話しいただけますか」

細い体に優しい表情。なにかあればぽっきりと折れてしまいそうなのに、千鶴は強い。

「……はい」

千鶴とは対照的に、浅彦の顔は曇ったままだ。

八雲の隣に千鶴が座ると、対面にいる浅彦がためらいがちに口を開いた。

「また新聞に、千鶴さまを捜しているという広告が出たようです。今度はお礼の記載がありまして……」

新聞に尋ね人を載せるにはかなりの金が必要だと聞いた。それだけでなく、報奨金まで。両親の切羽詰まった感情が読み取れて、八雲は眉をひそめる。

「三条紡績で以前働いていた男が、死神の生贄になった娘ではないかと両親に伝えたそうなのです」

「そんな……」

千鶴の口から落胆の声が漏れた。

彼女は両親や弟に心配をかけたくないという思いが強い。それなのに、生贄にされたとあらば、両親の衝撃はすさまじいだろう。娘が死んでいるかもしれないのだから、より躍起になって捜すはず。

「お父さま、お母さま……」

切なげに漏らす千鶴が痛々しい。両親の気持ちを慮《おもんぱか》ると、八雲の表情も険しくなった。

「千鶴。埼玉に行こう」

「えっ？」

「ご両親に会って無事だと伝え、崇寛も抱いていただこう」

千鶴の顔を見て伝えると、目を丸くしている。

「でも……」

「卑怯《ひきょう》かもしれないが、私が死神であることは言わないつもりだ」

そんなことを口にすれば、間違いなく引き離される。生贄になったと知られた今、意に反して嫁がされたと考えるのが普通だからだ。そんな者のところに、娘を置いておくわけがない。

「ご両親とは千鶴を幸せにする約束しかできない。なんの根拠もないのに、それを信じていただくしかないのが現実だ。それでも、千鶴の大切な人たちがこの先ずっと苦しんで生き続けるとわかっていて、放っておくわけにはいかない」

このまま千鶴を見つけられなければ、父は秘書に騙《だま》されたことをひどく悔い、自分を責め続けるに違いない。それをきっかけに正岡《まさおか》家は没落し、千鶴は三条家に奉公に行ったからだ。

父は誠実に生きていただけ。おそらく秘書を疑うこともなかったのだろう。それが甘いと言う人間もいるかもしれないが、自分を支えてくれる人に疑いの目を向けることは、華族たる者、できなかったのではないだろうか。

千鶴の生きざまを見ていると、その予想は間違っていないと思う。

「ただ、私は千鶴を放すつもりはない。崇寛も死神である以上、こちらの世界で生きなければならない。帰してやれなくてすまない」

八雲は千鶴に深々と頭を下げる。彼女を犠牲にして自分たちの生活が成り立っているのだと改めて感じた。

「やめてください。私がここにいたいのです」

慌てた千鶴が肩を持ち上げてくる。

顔を上げると、八雲を安心させるかのようににっこり笑う千鶴は、口を開いた。

「そこまで考えていただけるなんて、すごくありがたくて。もう両親にも清吉《せいきち》にも会えないと思っていましたし、祟覚を生んだことすら伝えられないと覚悟していて……。もちろん、それでもいいからここにいたかったんですけど」

千鶴はあくまで自分が選んだ道だと主張する。

「ですが、八雲さま。千鶴さまを帰していただけるでしょうか」

浅彦の心配はもっともだ。八雲とて、不安がないわけではない。しかし……。

「帰していただけるまで、何度でもお願いする。私の都合で千鶴の両親をこれ以上傷つけられない。だが、安心しなさい。一之助からも浅彦からも千鶴を奪わせない。私たちは家族ではないか」

八雲が千鶴を失いたくないように、一之助も浅彦も千鶴がいない生活などもう考えられないのだろう。

「……そう、ですね。はい」

浅彦はまだ不安そうではあったけれど、納得してうなずいた。

「千鶴。ご両親に会いに行こう」

「本当に、よろしいのですか？」

「もちろんだ」

八雲がきっぱり答えると、千鶴の顔から完全に迷いが消えた。

「どうぞよろしくお願いします。浅彦さん、すぐに戻ってきますから、一之助をお願いできますか？」

「承知しました」

千鶴の願いを聞き入れた浅彦は、かしこまって頭を下げた。

◇◇◇

夏の暁はいつ見ても美しい。

東の空が白みだすと、たちまち庭の木々が喜び始める。色鮮やかな若葉が、日の光を浴びていっそう輝きを増す様子を見ていると、千鶴は八雲という存在に照らされた自分のようだと感じた。

八雲が生きる活力をくれる。彼が自分を照らし続けてくれるから、思いきった行動ができる。……そして、幸せというものを求めてもいいのだと自信が持てる。

澄んだ空気を思いきり肺に吸い込んだ千鶴は、手早く身支度を済ませて、乳を飲ませた崇寛を抱いて玄関に向かった。すでに待ち構えていた八雲が、柔らかな笑顔で迎えてくれる。

「行こうか」

「はい」

埼玉の家族のところに向かうと決まり、心が躍るのと同時に怖くもなった。浅彦が危惧するように、父や母は自分を埼玉に引きとめるかもしれない。死神の生贄になったという衝撃的な事実を耳にした両親が、二度と手放したくないと思う気持ちがわかるのだ。

しかし、それは同時に八雲との離別も意味する。そして死神である崇寛とも、近い将来別れなければならなくなる。

自分は元気だと、両親を安心させたい。けれど、八雲とともに生きていきたい。

その両方の願いを叶えるのは、八雲が死神である以上簡単ではないのが現実だ。

それでも、千鶴はあきらめるつもりはなかった。もちろん、隣を歩く八雲もそうだ。

千鶴と八雲は、様々な困難を乗り越えてようやく幸せを手にした。この幸せを易々《やすやす》とは手放せない。

「千鶴、大丈夫か？」

「なにがですか？」

「緊張しているのではないかと」

妻の心の状態まで考えてくれる優しい夫。隣にいてこれほど心地よい存在は、どこにもいないと断言できる。

「少ししてます。父や母が八雲さまに無礼な言葉を吐いたらと……」

「そんな心配は無用だ。知らないところで結婚をして子までもうけたのだから、厳しい言葉が出るのは親として当然だろう。存分に叱られるつもりだ」

八雲は迷いなく言いきった。

「叱られるって……。八雲さまは私のことは気にするくせに、ご自分が傷ついていることには無頓着なんだもの」

八雲より浅彦のほうがあからさまに顔に出るため、沈んでいるときになにがあったのかを浅彦に尋ねることがある。そうすると、壮絶な旅立ちの儀式を行っていたりするのだが、八雲は屋敷に戻ってきてもそのようなことはおくびにも出さない。

感情が封じられていた頃はそれでよかったのかもしれないけれど、今は痛みを感じているはずだ。千鶴はその痛みを和らげられるよう寄り添いたいのに、苦しいと教えてくれなければできないのだ。

「それは、誤解だ。少し気持ちが沈んだときは、千鶴に癒してもらっているぞ」

「気づいていないのか？　そういうときは、意味もなく近くにいる。千鶴の笑顔を見て声を聞き、少し触れると、大体は回復する」

八雲の思いがけない告白に、足を止めた千鶴は目をぱちくりさせた。

「そうだったんですか？」

「こんな恥ずかしいことを言わせるでない」

耳を赤く染めた八雲が、ぷいっと顔をそむけてしまう。

「……そっか。私も役に立っているんですね」

実のところ、千鶴も同じだ。疲れていても、八雲が肩を抱いてくれるだけで踏ん張れる。低く張りのある声で「千鶴」と呼んでもらえると、気持ちが上がる。

まさか、八雲も同じようなことを考えていたとは。

隣にいるだけで活力が湧く存在というのは心強い。今日も必ず乗り越えられる。

そう確信した千鶴は、すーっと心が軽くなるのを感じた。

「それでは、父や母が失礼な発言をしても、私が必ず八雲さまの傷を癒します。だから今日は……父と母をお許しください」

「いっ？」

千鶴はあらかじめ伝えた。

自分も母になり、崇寛のためなら鬼にもなれる。そんな気持ちがわかるからこそ、どこの誰だか名乗れない八雲から、両親が必死になって自分を守ろうとする姿が見えるのだ。

「先に謝るとは。千鶴は本当に突拍子もないことを言う。それでは私も先に話しておこう。両親との平穏な生活をさせてやれなくてすまない。残念だが、私の中に千鶴を手放すという選択肢はもうない」

「わかっております。来世まで一緒にいると約束しましたもの」

「そうだな」

目を細めて微笑む八雲は、千鶴の腰に手をまわして、歩みを促した。

埼玉の家が見えてくると、さすがに息苦しさに襲われる。いくら自分たちの心が決まっているといっても、両親がどんな出方をするのかわからないからだ。

幸い先ほどまでぐずっていた崇寛が眠りに落ち、両親のことだけに集中できそうでほっとしていた。

八雲をそっと見上げると、大きくうなずかれて玄関へと足を進める。すると、庭で洗濯物を干していた母が気づいた。

子爵家の嫁として麹町《こうじまち》で暮らしていた頃は、使用人の仕事だった。母が洗濯をするところを初めて見たものの、どこか微笑ましい光景だ。

「……千鶴なの？」

手を止めて目を見開く母は以前より肌が日に焼けていて、しわも白髪も増えた。けれど、元気そうなその姿に心から安堵《あんど》した。

「お母さま……」

「千鶴！」

洗ったばかりの浴衣を放り投げ、千鶴のもとに駆け寄った母は、崇寛ごと抱きしめる。

「千鶴……」

他に声が続かない様子で、何度も千鶴の名を呼び続けた。

久しぶりの触れ合いに、目頭が熱くなる。八雲に無理強いをしているのは承知しているが、やはり無事を伝えられてよかった。

しばらくしてようやく離れた母は、頰の涙を拭いながら崇寛と千鶴のうしろに立つ八雲にしきりに視線を送る。

「旦那さまの八雲さんです。そしてこの子は崇寛です」

千鶴が紹介すると、八雲は丁寧に腰を折る。八雲は、千鶴の友人の光江《みつえ》に会いに行ったとき多少会話は交わしたけれど、こうして人間とかかわるのはおそらく珍しい。

「結婚、したのね」

「はい。ご報告できずに申し訳ありませんでした」

「……とにかく生きていてよかった」

母の目からこぼれる喜びと安堵が入り混じった涙は、止めたくても止まらないようだ。

死神の生贄となったと聞き、必死に捜しつつもあきらめなければならないというような気持ちがあったはずだ。その娘が夫と子を連れて帰ってきたのだから、取り乱してもおかしくはない。

「ごめんなさい。お父さまを呼ばないと。中に……八雲さんも。あなた、千鶴が！」

母の動揺ぶりがすさまじい。混乱しているのがありありとわかる。

母に続いて千鶴が玄関に入ると、ドタバタと廊下を駆けてくる音がして父が顔を出した。

子供の頃は廊下を走るとひどく叱られたものだ。

千鶴はそんなことを思い出して懐かしくなる。

「ちづ……」

あんぐり口を開ける父は、かなり痩せてしまった。以前は必要のなかった眼鏡もかけていて、目の下にできたくまから心労が見て取れる。

ようやく罪を晴らせたのに、今度は娘の失踪。そして生贄となったと聞かされては、そうなるのもうなずけた。

「お父さま。ずっと来られなくて申し訳ありませんでした。いろいろ事情があって……」

「生きて、生きていたんだな」

あれほど毅然《きぜん》としていた父が、人目もはばからずむせび泣くのには驚いた。

それほど心配をかけたのが申し訳ないけれど、死を覚悟して神社に足を踏み入れたあの日は、仕送りを続けてもらい生きていると装うので精いっぱいだった。

「はい。ご心配をおかけしました」

千鶴の頬にも涙が伝った。

三条家での生活は、決して楽ではなかった。死神の生贄にと白羽の矢が立ったときも、絶望で自分の人生を呪った。

けれど、自分はずっと愛されていたのだ。遠く離れた地で暮らしていても、自分の無事を祈りおそらく片時も忘れなかっただろう父と母の姿に、千鶴の涙も止まらない。

「千鶴お姉さま」

奥から清吉も出てきて、声をかけてくれた。一度ここに様子をうかがいに来た頃よりさらに背丈が伸びていて、今や千鶴より大きい。体つきもしっかりしていて声も幾分か低くなっていた。

「清吉、ただいま」

「おかえりなさい、お姉さま」

泣き虫だった清吉だけが、必死に涙をこらえている。それが頼もしく感じた。

通された庭に面した南向きの座敷は、昔祖母に抱かれて話を聞かせてもらった思い出の場所だ。

黒鳶《くろとび》色の大きな座卓は年季が入っているものの、この家の象徴のような存在。千鶴も清吉も、埼玉を訪ねてくるたびにこの座卓の周りでいつも遊んでいた。

八雲とともに並んで座ると、目を真っ赤にした母が、お茶を運んできてくれる。清吉は同席せず、別の部屋にいるようだ。

「千鶴。私たちはお前が死神の生贄になったと聞いて肝を冷やしたのだ。青木《あおき》に騙された私が悪いのは承知している。しかし、生贄にするために三条家に送り出したのではない。……いや、こんなことを千鶴に言っても仕方がないな」

父も混乱している。とはいえ、三条家への怒りはもっともだ。

「三条家に、生贄になる代わりにお父さまやお母さまに悟られないようにしてほしいと頼んだのは私です。あのときは誰かが死神さまのもとに行くしかなく……それならば私がと思いました」

「そんな……」

眉間のしわを深くする父は、唇を噛みしめる。

〝心を清く保ち、人々の役に立ち、その手本となるべし〟という華族の心得を説いた父の影響からではあったが、それは黙っておいた。

父はもちろん生贄になれと言ったわけではないし、自分の発言を間違いなく後悔するだろうからだ。とはいえ、千鶴は今でも父の教えは尊いものだと信じていて、華族ではなくなったもののそうありたいと思っている。

「でも、死神さまはいらっしゃいませんでした。生贄など望まれていなかったのです。困っていた私を、八雲さんが助けてかくまってくださいました」

「かくまってって、警察にでも駆け込めばよかったでしょう?」

悲痛の面持ちの母が口を挟む。

「流行風邪が蔓延していたあの頃、死神さまへの生贄が必要だと誰もが信じていました。私が生贄にならなかったことが知れ渡っては、また別の誰かが生贄に指名されて恐ろしい思いをすると考えたのです。ですから、死神さまに連れていかれたと誤解されたままのほうがよくて」

いくら八雲と幸せな日常を手に入れたといっても、あのときのことを思い出すと、胸が張り裂けそうだ。

千鶴が小さな溜息をつくと、八雲が励ますようにそっと腰に手を当ててくれた。

「それで――」

千鶴が続けようとすると、崇寛が突然大きな声で泣き始めた。

「おしめかしら？　お乳は？」

母が今までとは打って変わって、温和な顔つきで崇寛を見つめて言う。

「そろそろお乳かもしれません」

「千鶴、こちらの部屋へ」

母が別の部屋を案内してくれたものの、八雲を残していくのが忍びない。

「あとは私がお話ししておく。崇寛を頼む」

八雲は千鶴の心が読めるのだろうか。〝心配するな〟という視線を送りながら、千鶴の背中を押してくれた。

うしろ髪をひかれながらも部屋を出る。先導する母は振り返り、崇寛を見つめて柔らかな笑みを浮かべた。

「元気に泣いてるわね。出産、大変だったでしょう？」

「はい。でも、八雲さんがずっとついていてくださって」

「八雲さんが？」

母が驚くのも無理はない。父は母を大切にしていて、女だからといって見下すことは決してないけれど、さすがに出産には立ち会っていないだろうからだ。

「ずっと励ましてくださいました。生まれてからもよく面倒を見てくださって」

「……そう。優しい方なのね」

「はい」

人々から恐れられる死神ではあるが、人間よりずっと温かい心を持っている。それは間違いない。

「お母さま、お乳をあげたら抱っこしてやっていただけませんか？」

父や母にとって、崇寛は初孫なのだ。かわいがってもらいたい。

「もちろんよ」

母は満面の笑みで承諾してくれた。

乳を飲ませたあと、おしめも替え、崇寛を母の腕に渡した。

「はじめまして、おばあさんよ」

機嫌がよくなった崇寛に語りかける母が、金平糖を口に放り込んだときの一之助のように、満ち足りた表情をしている。

その顔を見ただけで、八雲に無理をさせても会いにきてよかったと心から感じた。

「納得できるとでも思っているのか！」

そのとき、父の怒号が耳に届いて、千鶴の顔が青ざめる。

「千鶴、先に行きなさい」

「はい」

母に促された千鶴は、八雲のいる部屋へと急いだ。すると、真っ赤な顔で憤る父と、その父をまっすぐに見つめる八雲の姿が目に飛び込んできた。

一体なにがあったのだろう。

「どこの誰かも言えない。なにを生業にしているかも教えられない。そんな胡散臭《うさんくさ》い男に、大切な娘をやれるとでも⁉　千鶴とあの子は私たちが面倒を見る。今すぐこの家から出ていけ！」

座卓をドンと力任せに叩いて憤りを隠そうとしない父は、カッと目を見開き、まさに鬼の形相だ。千鶴は慌てて父の隣に行き、なだめた。

「お父さま、落ち着いてください」

「これが落ち着いていられるか。こんなとんでもない男とはすぐに縁を切りなさい。お前はここで暮らせばいい」

「私は八雲さんと生きていきます」

思えば、父に反抗したことなど一度もなかった。華族としての矜持を胸に貴族院議員として立派に務めを果たしていた父に不満などなかったし、正岡家では父の発言が第一だった。しかし、これだけは譲れない。

「目を覚ましなさい。お前は悪い男に引っかかったのだ。生贄になどされて藁にもすがりたいところにこの男が現れて、騙されてしまっただけ」

「違います！」

八雲は何度、千鶴の将来を考えて人間の世に戻そうとしたか。それでも八雲のそばにいたかったのは千鶴だ。

「お父上のお怒りはごもっともです。なにも話せないくせに、お許しくださいとしか言えません」

父とは対照的に八雲は冷静に言葉を紡ぐ。

「ただ、私の全身全霊をかけて千鶴さんを必ずお守りします」

八雲は畳に頭をこすりつけて懇願した。

父の隣にいた千鶴は八雲のほうに回り、隣で同じように頭を下げる。

「私は生贄になるというとんでもない経験をしました。ですが、八雲さんの温かさに救われて、今はとても幸せなのです。お父さまが華族の矜持を大切にされるように、八雲さんにも大切にしている信念があって、それを遂行するための努力を惜しまない方です。私は、八雲さんの妻であることが誇りなのです」

八雲が死神として人間の世を守っていると知ったら、父もみずからを犠牲にしても必ず儀式を行うという行動に共感するはずだ。しかし、死神だと明かすわけにはいかない。それこそ、二度と八雲の屋敷には戻れないだろう。

「お前は騙されている！」

聞く耳を持たない父は、八雲の隣にやってきて着物をつかんで立たせ、部屋から追い出す。

「出ていけ！　二度と顔を見せるな！」

「お父さま。お願いです。話を聞いてください」

千鶴が父の腕にすがりついて止めても、父の怒りは収まらない。とうとう玄関から放り出して扉をぴしゃりと閉めてしまった。

「お父さま！」

「千鶴は頭を冷やしなさい」

何者かわからぬ者に娘を託せないという父の気持ちはわかる。しかし、幸せの形はひとつではないと、千鶴は八雲に教えられた。

いつか自分だけが老いてひとりで旅立つと決まっていても、次の世に至るまで愛を約束できるのは、夫が死神だからこそ。

人間にしか経験できない楽しみや幸せもあるかもしれないが、これほど今の立場に満足しているのだから、どうにか理解してもらいたい。

千鶴が玄関を開けようとすると、父がその手を握って許さなかった。

「ならん。どうやって生きているのか知らんが、楽しいのは今だけだ。そのうち生活が困窮して、苦労するのは目に見えている。そのとき泣くのは千鶴、お前だぞ」

「泣くようなことは決してございません。八雲さんは、ずっと先のことまでしっかりと考えていらっしゃいます」

それこそ、来世のことまで。

子爵の爵位を賜っていた頃は、しかるべき地位の男性に嫁いで子をもうけ、その家を守ることを期待されていた。それが一転、住まいも仕事も明かせない男の妻となった千鶴に、あきれているのかもしれない。

しかしなにひとつ不自由していないし、贅沢《ぜいたく》な暮らしだけが幸せだとも思わない。それより愛し愛され、強い絆で結ばれた八雲とともに支えあいながら生きていきたい。

「私が青木に騙されたばかりに、お前にはつらい思いをさせた。まさか命まで差し出す事態になっていたとは、本当に……」

父がうっすらと目に涙を浮かべるので、強く反論できない。相当心配させた自覚はあるからだ。

「本当に申し訳ない」

深々と頭を下げられて、千鶴は困惑した。

たしかに、家が没落しなければ三条家に行くことも生贄になることもなかった。けれどその結果、八雲という最高の伴侶に出会い、崇寛という子まで授かれて、他の人生など考えられないほどに満ち足りている。

「謝らないでください。私はずっとお父さまを尊敬しております」

「だったら、私の願いを聞き入れてくれ。私も青木に騙されるまで、人間の本性は善であると考えていた。しかし甘かった。人の心には邪《よこしま》で悪しき念がはびこっていて、善などすぐに打ち倒してしまうものなのだ」

絶対的信頼を置いていた秘書に裏切られ、疑心暗鬼になっているのはわかる。けれど、八雲は悪などではない。胸を張って主張できる。

「八雲さんは、青木さんとは違います。彼は人間の悪しき部分をよくご存じです。私の中にある弱々しさやずるさ、浅はかさもひっくるめて引き受けてくださるような方なのです」

千鶴がいくら主張しても、父は首を横に振るばかりだ。

「人を好く気持ちはそのうち薄れる。千鶴が熱くなるのは今のうち」

「違います」

浅彦とすず、そして和泉と竹子を思い浮かべて反論する。

彼らの愛は、時を超えて脈々と続いている。少しも薄れることなく、それどころか思いを募らせた分、強くなりながら。

「とにかく、私は許さん。こちらに来なさい」

千鶴は腕をひかれて、先ほどの部屋に戻されてしまった。

母が崇寛を連れてきて、渡してくれる。そして苦しげな顔をして隣に座り、慰めるように千鶴の肩を抱いた。

崇寛を愛おしそうにあやしていた母も、父と同じ気持ちなのだろうか。聞いてみたいが、目の前には険しい顔の父がいる。正岡家では父の発言が絶対だ。母は別の考えを抱いていても、それを口にすることはめったにない。ましてや父の前では言えないはずだ。

それからどれくらい経ったのだろう。何度も父に話しかけたが、「黙りなさい。お前の話を聞くつもりはない」と、一蹴されてしまうありさまだった。

一切の反論を許さないという態度で、なすすべがない。

もちろん、反対されるのは覚悟のうえだった。しかし、これほど頭ごなしに拒否されては、話し合いすら難しい。

父の大きな声のせいで目を覚ました崇寛が激しく泣きだし、立ち上がってあやし始める。

八雲がどうしているのか気になって仕方がない。どうしても受け入れてもらえないならば両親とは縁を切るしかないとも考えたが、それは最終手段だ。八雲があの屋敷に住む浅彦や一之助を家族として大切にするように、千鶴にとっても父や母、そして清吉は特別な存在、家族だからだ。

やがて、心配したのだろう清吉も部屋にやってきて、重々しい雰囲気に溜息をついている。彼はふらりと出ていったかと思うと、ドタバタと廊下を駆けてすぐに戻ってきた。

「雨が……」

空が暗くなってきたと思ったら、雨が降りだしたようだ。八雲はどうしているのだろう。

「座りなさい」

八雲の様子を見に行こうとしたのに、父に止められた。

千鶴が落胆していると、清吉が口を開く。

「お父さま。あの方、悪い方ではないと思います。雨の中、ずっと外で正座しておられます。お姉さまのことがどうでもいいならば、もうとっくに帰っているでしょう」

八雲がそんな行動に出るとは。

千鶴は驚いたのと同時に、自分のためにそこまでしてくれる八雲の真摯な思いに胸を打たれる。

「……千鶴の出産に立ち会われたそうです」

ずっと黙っていた母が口を開いた。

「出産は、美談だけではございません。女にとって命がけのもの。自分の命を差し出してでも子は守りたいと思いながら、そのときに挑みます。苦しさと恐怖が渦巻く時間なのです。殿方は、産湯を使ってきれいに血を流された子を抱くだけのほうがずっといい。それなのに、八雲さんはきちんと向き合われた」

少し感情的に語る母の目には、涙が浮かんでいる。

「千鶴を好いてくださっているのでしょう。そうでなければ、そこまでできません。あなたが心配されるように、もしかしたら、将来その気持ちが冷めてしまうかもしれません。でも、それならそのときに考えればいいじゃありませんか。私たちは千鶴が帰ってこられる場所を守っておけばいいのではありませんか」

母が父にこれほどはっきり物申すのは初めてではないだろうか。千鶴は驚きながらも、胸が熱くなるのを感じていた。

「八雲さんが千鶴の命をつないでくれたなら、彼は命の恩人。そんな方と一緒に生きていきたいと思う千鶴の気持ちも私にはわかります。八雲さんがご自身のことをなにも語られないのは、それだけの理由があるのでしょう。でも千鶴はそんなに馬鹿ではありません。人の道に逸《そ》れたような方を好いたりはしないと、私は信じています」

母の援護を受けた千鶴は、改めて膝をついて頭を下げる。

「私はお父さまから教えていただいた、華族たるもの心を清く保ち、人々の役に立ち、その手本となるべし、という言葉を今でも胸にしっかりと刻んでいるつもりです。八雲さんもそのような信念があるお方。決してお父さまを裏切ったりはしません」

すべてを明かせないのがもどかしい。

「今日ここに来ましたのも、私が生贄になったことをお父さまとお母さまがお聞きになったと知った彼からの提案です。心配させたままではいけないと、罵倒覚悟で一緒に来てくださったのです」

顔を上げ、父をまっすぐに見つめて必死に訴える。腕の中の崇寛が再び泣きだしたのは、千鶴の目からこぼれた涙が頬に落ちてしまったからかもしれない。

「ごめんね、崇寛」

千鶴は崇寛をゆらしてなだめる。

自分はこの子の母なのだ。強くならなくては。

腹に力を入れて、もう一度口を開いた。

「お父さま、どうか私たちの婚姻をお認めください。もしどうしても認められないということでしたら、私は二度とこの家の敷居をまた――」

「千鶴」

勘当覚悟で訴えた千鶴を止めたのは母だ。

「あなたが警察に連れていかれてから、千鶴は私と清吉の生活を支えてくれました。

それだけでなく、街の人々を救うために生贄になろうとまでした。私たちよりよほど立派で誇り高き娘です。千鶴は今までずっと自分を犠牲にしてきました。もう好きなように生きてほしい。誰のためでもなく、自分の幸せのために」

母がはらはらと涙をこぼしながら、父に訴える。そしてそのあと、千鶴を見つめた。

「だから、縁を切るなんて言わないで。約束して、千鶴。この先、困ったことがあったら、必ず私たちを頼ってちょうだい。なにがあろうとも受け止めるから、いなくならないで」

「お母さま……」

千鶴の涙腺も崩壊し、涙が止まらなくなる。

母はこれほど強い人だったのか。

千鶴は少し驚いていた。いつも父の背に隠れて静かにたたずんでいる印象の母は、自分の意見など主張しない人だとばかり思っていた。けれど、もしかしたらそれが子爵家の嫁としての役割だったのかもしれない。

よく考えてみると、忙しくて家を空けることが多い父の代わりに家の中のことはしっかり仕切っていたし、父の品格を落とさぬよう千鶴や清吉の教育にも熱心だった。母はただ父に守られていただけではなく、子爵、正岡家の縁の下の力持ちのような人だったのだと、今さらながらに気がついた。

千鶴たちの様子を黙ったまま見つめていた父が、ふーっと大きな溜息を落とす。あきれているのかもしれないと緊張したものの、意外にも父の顔から刺々《とげとげ》しさが抜けていた。

「清吉。風呂の準備をしてきなさい。それと私の着物をなにか」

「えっ？　は、はい」

父からの唐突な命令に清吉は戸惑うも、その意味がわかったらしくすぐに笑顔になりすっ飛んでいく。

八雲のために風呂を入れ、濡れた着物の代わりに自分の着物を貸すと言っているのだ。

「負けたよ。千鶴、八雲さんを呼んできなさい。それと……お前はいつまでも私たちの娘だ。私たちのほうから訪ねられないのであれば、時々崇寛を連れて帰ってきなさい。母を泣かせてはならないよ」

「お父さま……。承知しました」

千鶴は母に崇寛を預けて、八雲を呼びに走った。

「八雲さま」

玄関を飛び出し、そのまま八雲の腕に飛び込む。

「どうした。千鶴まで濡れてしまうぞ」

「私のために……ありがとうございます」

八雲の体は冷えきっている。千鶴の頬にそっと触れた大きな手は、まるで氷のようだった。

「千鶴のためではない。私のためだ。私がお前を放せないのだから、そんなふうに思わなくていい」

どこまでも八雲は優しい。こんな夫を持てたのだから、幸せになれないわけがない。

「お父さまが……八雲さまを呼んでくるようにと」

千鶴がそう伝えると、背に回った八雲の手に力がこもる。

「許していただけたのか？」

「はい。八雲さまのおかげです」

母の説得に応じたというのもあるけれど、そもそも八雲がこうして冷たい雨に打たれながらも、決して逃げずに待っていてくれたのが大きい。その誠実さが父の頑《かたく》なな心を動かしたのだろう。

「よかった。これで私は、千鶴から大切なものを奪わずに済むのだな」

八雲がそんなふうに思っていたとは。その優しい気持ちがありがたくて、いっそう彼に密着した。

「八雲さまは、私にたくさんの幸せをくださいます。でも、私も八雲さまに与えたい」

母のように縁の下の力持ちとして、死神の責務をまっとうする彼の力になりたい。そして、あの館で暮らす家族五人でもっともっと幸せになる。

千鶴は気持ちを新たにする。

「ありがとう、千鶴。お前にはうれしいという気持ちを嫌と言うほど教えられた。これからも頼む」

「はい」

笑顔でうなずくと、もう一度強く抱きしめられた。


埼玉の家を出る頃には、父もおっかなびっくりで崇寛を抱き、頬を緩めた。清吉も「学費をありがとうございました」と改まってお礼を口にできるほど成長していて、三条家で踏ん張った甲斐があったとうれしく思う。

母は何度も千鶴を抱きしめ名残おしそうではあったけれど、最後は笑顔で送り出してくれた。

「八雲さん、千鶴をどうかよろしくお願いします」

母が八雲に深々と頭を下げてくれるので、胸がいっぱいだ。

「決して期待を裏切らぬよう、精進いたします。千鶴さんは私が必ずお守りします」

改めての八雲の力強い宣言に、父もうなずいてくれる。

「お父さま、お母さま。またお邪魔します。清吉、あなたもお勉強を頑張って、お父さまのような立派な紳士になるのよ」

「はい！」

清吉が大きな声で返事をすると、皆に笑顔が広がった。

帰りの列車の中で、崇寛は八雲に抱かれてすやすやと眠っている。彼は今日の出来事を覚えてはいないだろうけれど、皆に祝福された存在なのだと話して聞かせるつもりだ。

「千鶴」

「なんでしょう」

問うと、八雲は微笑みながら千鶴の肩を抱く。

「家族とは、いいものだな」

感情を取り上げられ、孤独があたり前の生活を送っていた死神の言葉だとは思えない。

「そうですね。私たちも父や母に負けないように素敵な家族にならなくては。八雲さまがいらっしゃるから、心配はしていないのですが」

特別なことなどなにひとつしなくていい。紅玉が、『八雲の背中を見て育てば、死神としての心構えなどわざわざ教える必要はない』と太鼓判を押してくれたが、おそらくその通りだ。八雲は誰よりも誠実で、まっすぐで……思いやりのある優しい死神だから。

「私は千鶴がいるから心配していないのだが」

「えっ？　やめてください、失敗ばかりしているのに」

八雲のようにどっしりと、何事にも動じず心に余裕のある人間になりたい。そう願ってはいても失敗の連続で、とても崇寛に堂々と見せられるような生きざまではないのが残念だ。

「ああ、帯を締め忘れるとか」

「そ、それは忘れてください」

八雲の指摘に目を丸くする千鶴は、慌てふためく。

先日、少々寝不足で朝餉《あさげ》の支度をしていたら、あとからやってきた浅彦が、伊達締《だてじ》めだけで肝心の帯を結んでいなかった千鶴に目を丸くしたのだ。

あんな恥ずかしい失態、あとにも先にもあのときだけだろう。

「忘れられるか。お前がすることはすべて覚えておきたい。なにせ、なにをしても愛おしくてたまらないのだから、仕方あるまい」

あんな失敗のどこが愛おしいというのか。

感情を取り戻したとはいえ、八雲は少し変だ。

「ああいうのは恥ずかしいのであって、愛おしいとおっしゃるのは間違っています」

見解そのものが間違っているのではと一応伝えると、八雲は頬を緩めて千鶴を自分のほうに引き寄せた。

「間違ってなどいないぞ。恥ずかしがる千鶴が愛おしいのだ。だから安心して何度でも失敗しなさい」

「それはちょっと……」

千鶴は八雲と顔を見合わせて笑った。

こんなふうに寛容で、どんなことも受け止めてくれる旦那さまがいるから、千鶴は自分らしく生きていける。

「八雲さま。幸せ、ですね」

千鶴は八雲の肩に頭を寄りかからせて言った。少し甘えたい気分だったのだ。

「そうだな。幸せすぎて怖いくらいだ。だが、まだこれからだ。私たちが知らない幸せが、もっとあるはず」

八雲は大きな手で、安心させるかのように千鶴の頭を優しく撫でた。

生贄の花嫁は
幸福を招く

あっという間に月日が経ち、崇寛が生まれてから二年と半年が過ぎた。

木々はすっかり葉を落として、寒々とした空が広がっている。しかし空気が澄んでいるように感じられて、思いきり深呼吸したくなる。

駆け回れるようになった崇寛は、毎日のように一之助のうしろをついて歩く。ずいぶん背丈が伸びた一之助は、体が引き締まり、顔つきも大人びてきた。とはいえ、言動はまだまだ幼くかわいらしい。

「崇寛、帯がほどけているよ」

千鶴が庭に出たふたりを縁側から眺めていると、一之助が崇寛の世話を甲斐甲斐しく焼き、緩くなっていた帯を結びなおしている。

「あーと」

まだ片言の崇寛だが、すぐにお礼が言える優しい子に育っていてうれしい限りだ。

「一之助、ちょっとおいで」

崇寛の帯が直ったのを見てから、千鶴は一之助を手招きした。

「なあに？」

「着物の合わせってどうだったっけ？」

彼は最近、毎日ひとりで着替えているが、左前になっているのだ。

「あ……！　直してくる。千鶴さま、崇寛見ててね」

「わかったわ」

ばつの悪そうな顔をして勢いよく廊下に上がって近くの部屋に飛び込んだ一之助だけれど、崇寛のことを心配するよき兄だ。

一之助と交代した千鶴は、庭に下りていった。

「寒いわね。崇寛、平気？」

ここのところ晴天が続き、小石川の畑も干からびそうだったところに、昨日の大雨。干天の慈雨となったはずだが、雨が上がった今朝はすこぶる冷える。

寒さが苦手な千鶴は、自分の手にはーっと息を吹きかけて温めたあと、崇寛の手を包んだ。

崇寛がうれしそうに、にまーっと笑うのがかわいい。一之助も崇寛も千鶴に構ってもらえるのをいつも心待ちにしている。

崇寛の手を握ったのと同時に、千鶴の肩から大きな羽織がかけられた。いつの間にかやってきた八雲が気遣ってくれたのだ。

「子供は元気だな」

「そうですね。こんなに寒いのに、外で遊びたがるんですもの」

特別なおもちゃがなくても、外は刺激的らしい。

昨日の雨のせいかいつもと香りが違い、少々苦いような土のにおいが充満している。庭に落ちた枯れ葉がつるつると滑りやすくなっていて、一之助はわざと足を滑らせて遊ぶ。それを真似《まね》する崇寛はすてんと見事に転んで、尻を泥で汚すのが日常の光景だ。

「八雲さまぁ」

着物を着なおした一之助がすさまじい勢いで駆けてきて、八雲の脚に抱きついている。もうすっかり父親としての貫禄《かんろく》がある八雲は、一之助の頭を優しく撫でた。

「寒くはないのか？」

「寒いよー。でも、面白いもん。ねぇ、八雲さま。どうして葉っぱは茶色くなって落ちちゃうの？」

一之助は千鶴も深く考えたことがないような質問をする。

「生きるためだ」

「生きる？」

一之助は首を傾げているが、千鶴もわからない。興味津々で八雲の次の言葉を待った。

「いくつか理由はあるようだが……冬の乾いた風は水分を放出しやすい木々の葉から

多くの水分を奪っていく。しかし水分を失うと木は生きられない。だから水分を過剰に奪われないように葉を落として幹を守っているのだ」

「ふぅーん。八雲さま、なんでも知ってるんだね」

「以前、庭師から聞いた」

一之助は無邪気に「そっか」と感心しているけれど、もしかしたら儀式の際に耳にした話なのかもしれない。

「木々も生きるために知恵を絞るのですね」

千鶴が何気なく言うと、八雲は切なげな表情でうなずいた。

人の輪廻も同じなのかもしれない。歳を重ねて衰えたり、けがや病で働かなくなったりした肉体を捨て、魂が生き続けられるように工夫しているのかも。一見冷酷な行為のようにも思えるが、魂を生かし続けるにはそうすべきなのだろう。そして、それを手助けしてくれるのが死神なのだ。

「終わりがあるというのは切ない。しかし、また始まるのだ。この木も春になれば一気に芽吹くだろう」

人間の魂も、黄泉に旅立ったとしても、また新たな場所で輝き始める。八雲はそう信じているに違いない。

「はい」

千鶴が返事をすると、八雲は羽織を掛けなおしてくれた。

一之助と崇寛は、きれいな落ち葉を集めて遊びだした。

「にいに」

一之助を〝にいに〟と呼ぶ崇寛はまだ語彙が少なく、一之助の着物を引っ張ってなにか訴えている。

「なあに？」

振り返って尋ねる一之助は、言動がなんとなく自分に似てきたと千鶴は思う。

「赤い葉っぱがあったんだね」

「しょう！」

『そう』とうまく発音できない崇寛だけれど、一之助に伝わったのがうれしいらしく、満面の笑みを浮かべる。

「寒いのに、外で……」

千鶴たちのところにやってきたのは、夕餉《ゆうげ》の買い出しから戻ってきた浅彦だ。隣にはすずもいる。

すずと心を通わせた浅彦は、しばらく小石川とこの屋敷を行き来しながらすずとの親交を深めた。

前世でふたりの時間をほとんど持てなかった浅彦は、それはそれはすずを大切にし、できる限りそばにいた。ところが、すずは昼夜関係なく仕事があるのに加えて、三条紡績の工員の仲間たちと一緒に長屋で暮らしているのもあり、どうしてもすれ違ってしまう。

会いたさに寂しげな溜息をつく浅彦を見て、すずもここに住んだらどうかと提案したのは八雲だ。もちろん、ふたりが固い絆で結ばれていて、この先離れることはないという確信があるからこその申し出で、千鶴ももちろん大賛成した。

春先から時々ここに来るようになり、夏の終わりには工場を辞めてこの屋敷でささやかな婚儀を挙げた。それからずっとここで暮らしているのだ。

この大きな屋敷に八雲ひとりが暮らしていたとは思えないほどのにぎやかぶり。時折崇寛や一之助の泣き声は響くものの、笑顔の絶えない空間となっている。

「しゅじゅしゃま」

よく遊び相手になってくれるすずが大好きな崇寛は、さっき拾ったばかりの赤い葉を自慢げに見せている。

「きれいね。落ち葉拾いをしていたのかしら」

「そうだよ！」

意気揚々と答えたのは一之助だ。

「かあしゃま」

崇寛は次に、千鶴にもなにかを手渡した。

「これ……拾ったの？」

「はぁい！」

顔をくしゃくしゃにして笑う崇寛がくれたのは、鮮やかな濃緑と乳白色が混ざった翡翠のような石。昨晩の雨に洗われたのだろうか、一部は泥がついていたものの、輝いていた。

「翡翠、か……」

ふと因縁めいたものを感じて、翡翠の顔を思い浮かべる。いろいろあったが、彼女も死神としての責務を果たしていることだろう。

そして竹子を想った。すずの魂がときを経て浅彦にたどり着いたように、竹子と和泉にも幸せがやってくることを祈るばかりだ。

「きれいね。……って、いつの間に？」

千鶴が褒めると、崇寛は着物の袖からいくつもの石を取り出して次々と千鶴に渡していく。翡翠色の石のように美しいものばかりではなく、泥だらけでどんな石なのかもわからないものまで。

「ああ、お洗濯が……」

苦笑する千鶴と対照的に、崇寛の顔は輝いていた。

六人で囲む夕餉の時間は、それはそれは騒がしい。すずは手際よく料理を並べていく。

一方千鶴は子供たちを自分の両隣に座らせて、すずから器を受け取った。

今日は子供たちの大好物のかぼちゃの煮つけがある。甘くてほくほくしたかぼちゃは、あっという間に胃の中に収まってしまう。

一之助はもうずいぶんこぼさないようになったものの、崇寛は難しい。千鶴が自分の食事の合間に崇寛の世話をしていると、すずが浮かない顔で口を開いた。

「今晩の儀式は、おふたり分かれてなさるのですね」

「そうだな。だが心配はいらない。浅彦も十分に力をつけてきているし、なにかあればすぐに私が対処する」

答えたのは八雲だ。

浅彦は最近、ひとり立ちを見据えて小石川の一部の儀式をひとりで行っている。もちろん紅玉の承諾を得てのことだ。

死者台帳に浮かぶのは、対象者の名と旅立ちの時刻、そして死因だけ。儀式に赴いてみなければ、どんな状態で、そしてなにが起こるのかはわからない。

死神だと聞き最後の力を振り絞って抵抗する者も少なくないし、あらゆる汚い言葉で罵倒する者など日常茶飯事。八雲は平然とそれを受け止めるものの、浅彦はまだ心が揺らぐ。

それを知っているすずは、心配しているのだ。

「すず、私は大丈夫だ」

すずを安心させるかのように笑顔でそう伝える浅彦は、彼女と再び巡り会えてからぐんと強くなった。八雲がひとり立ちを考えてもいいのではと言いだしたのもそのせいで、千鶴も彼を頼もしく思っている。

ただ、生まれながらに死神だった八雲とは違い、〝気〟を察する力が弱いのだという。儀式は冷静に行えても、万が一悪霊を生み出したときは悪霊の気配を察して追いかけなければならない。それがまだ浅彦には難しいらしく、今は小石川の一部の儀式を行うだけだ。

それにしても、浅彦はすでに死神となってかなりの年月が経ったというのに、依然として修業の身。すべてを難なくこなす八雲の能力の高さには驚かされる。そして崇寛はどんな死神になるのかと、千鶴は今から少し心配だった。

「申し訳ありません。そうですよね」

すずは気を取り直して食事をとり始めた。

千鶴にはすずの気持ちが痛いほどわかった。千鶴も、八雲が額にけがをして帰ってきたときは肝を冷やしたし、永久の命を持つからこそ大きなけがや病で苦しんでほしくないと思う。その苦しみが延々と続くことになれば残酷すぎる。

正直、今でも心配がないわけではない。八雲たち死神は、体だけでなく心も傷つくのだから。

しかし、以前より落ち着いていられるのは、自分にその痛みを癒すことができるとわかってきたからだ。すずにも知ってほしい。

夕餉を終え、湯浴みをして身を清めた八雲と浅彦を、千鶴はすずと一緒に玄関で見送る。

「行ってらっしゃいませ」

「ああ。子供たちを頼んだ」

「かしこまりました」

八雲は優しく微笑み、一方浅彦は少し緊張気味に顔を引きつらせながら出ていった。

浅彦の緊張はわからないではない。儀式に失敗し悪霊を出してしまったときの記憶が鮮明に残っているのだろう。

魂を黄泉に正しく送れないと、悪霊となったその魂は消すしかなくなる。永遠に生まれ変わる機会を失うのだ。それをつかさどる責任の重さをよくわかっている浅彦は、いい死神になると千鶴は確信している。

しかし、難しい顔をしたすずは不安ばかりが先行するようだ。

その晩は、いつも寝ぐずりをする崇寛が珍しく早く寝てくれたので、千鶴は部屋を出て台所に向かった。ゆっくりお茶が飲みたかったのだ。

すると、足音を聞きつけたのか、すずも追いかけてくる。

「千鶴さん、お茶を飲まれますか？　私、淹れます」

すずは育児に忙しい千鶴の手助けをよくしてくれる。子供たちの面倒も見てくれるが、どちらかというと手が回らない家事を引き受けてくれる印象だ。それはおそらく、子供たちが母である千鶴との触れ合いを望んでいるとわかっているからだと思う。

「ありがとう。いつもお世話になってるから私が淹れるわ」

「それでは一緒に」

すずは隣で湯を沸かし始めた。

淹れたお茶を手に、食事をとる座敷に行って話し始めた。

「子供たちは早く寝たんですね」

「そう。普段は崇寛がなかなか寝つかなくて大変なのだけど、今日はこてんと。昼寝が短かったからかしら」

まだまだ育児は手探り状態。なにがよくてなにがいけないのかなんて、さっぱりわからない。

「そうかもしれないですね。それにしても、ふたりとも元気いっぱいで、まったくついていけません。千鶴さんはすごい」

たしかに、ふらふらなのにまだ踏ん張れる。一之助も含めて、我が子はかわいくて頑張れるのだ。

「いつも手伝ってくれてありがとう」

「とんでもない。でも、浅彦さんが子煩悩なのが意外でした」

「浅彦さんにもとっても感謝しているの。……すずさんも、子供ほしい？」

千鶴は端的に尋ねた。

「そうですね、いつかは」

死神について、すずには包み隠さず話をしてある。崇寛が死神であることも、いつか儀式を賜わってひとり立ちしていくことも。そして、婚姻から子を授かるまでの葛藤や起きた出来事も全部。

最初はよくない部分は隠しておこうと考えた。けれど、自分だったら知りたいと思ったのだ。なにもかも知ったうえで、愛する八雲と困難を乗り越えていきたい。八雲ひとりに重い荷物を背負わせるのは嫌だし、自分も困ったら八雲に打ち明けるようにしている。

それは、八雲が罵倒を恐れずに埼玉の実家に赴いてくれたときに強く決意したことで、それからは決して破ってはいない。

すずの胸の内ははっきりとわからないものの、浅彦への恋心はひしひしと感じるし、その絆はもしかしたら八雲と千鶴以上なのではないかと思うほど強い。

ただ、ふたりはまだこの先に迷いがあるように感じている。お互いが大切だからこそ傷つけてはならないと、臆病になっているのではないかと。

それは八雲と千鶴も通ってきた道なので、焦らず見守っている。

「それより今は……」

「浅彦さんが心配なのね」

千鶴が問うと、すずは深くうなずいた。

「私も最初はそうだった。八雲さまが傷ついて帰ってこられるたびに、息が止まりそうになって。だって、もし大きなけがをして寝たきりになってしまったとしても、彼ら死神には終わりがないんだもの。永遠にその苦しみが続くなんて、ある意味、幽閉と同じよね」

今まで一緒にいてわかったのは、人間とは違い病にはかかりにくいこと。そのため、流行風邪や労咳が蔓延する街に赴いても、一度も拾ってきたことはない。ただし、けがは別だ。今でも時折血を流して戻ってくることがある。人間の怒りを受け止めた結果なのだが、妻としてははらはらし通しだ。

「私、死神さまの役割を知って、尊い存在だと思ったんです。前世の私を八雲さまが見送ってくださったから、こうして浅彦さんにも会えました。でも、いざ大切な人がけがまでして責任を果たしているのを間近で見ると、怖くて……」

千鶴は深く共感しながら口を開いた。

「その通りよ。本当は私も今でも怖い。かといって、行かないでほしいとは言えない。八雲さまたちが儀式をしなくなったら、人間の世は悪霊だらけになってあっという間に滅びてしまう。そうしたら、一之助や崇寛のような子供たちの将来も奪うことになる」

千鶴は崇寛を生んでから、そうしたことをいっそう考えるようになった。

「やっぱり、八雲さまたちがしていることは、このうえなく尊いのよ。だから私は死神の妻として覚悟を決めているの」

「覚悟とは？」

すずは少し緊張しているのか、湯呑を何度も握りなおして尋ねる。

「死神としての八雲さまのご意志は決して止めない。八雲さまはその魂にとって最善の道を考えて動いてくださる。だから私は、黙ってついていくだけ」

千鶴は儀式に同行したときの八雲の真剣な表情を思い浮かべながら話した。対象となる者と交わす言葉はほんのわずかでも、そのときにできることを余すことなく行う。そんな八雲に、外野の自分が言えることなどなにもないのだ。

「私たちは、夫を信じることしかできないの。すごくもどかしいけど、でもそれが八雲さまたちの大きな力になっているのよ」

「大きな力？」

すずはまだよく呑み込めていないようだ。

以前八雲は『千鶴の笑顔を見て声を聞き、少し触れると、大体は回復する』と話していた。それまでは、なにもできない自分が情けないと思っていたけれど、それこそ妻の役割なのだとわかった。

「そう。特別なことじゃない。ただ疲れたときや心が折れそうなときに隣にいて、同じ空気を吸うだけでいい。八雲さまが隣にいてくださると、どんな困難でも乗り越えられると思えるの。きっとそれは八雲さまも同じ。私たちが信じることで、八雲さまたちは励まされているはず」

千鶴は八雲への愛を堂々と語ってしまった気がして、今さらながらに恥ずかしくなった。けれど、嘘偽りのない気持ちだ。

「……私、浅彦さんは大丈夫だろうかなんて、疑うようなことを言ってしまったんですね」

すずが反省の言葉を口にするので、慌てて首を横に振った。

「それはそれでいいのよ。心配してもらえるのは心地いいでしょう？」

「たしかに」

「……結局、愛情なのかな。その人への愛がこもった言葉なら、必ず真意は伝わる」

八雲を思い浮かべながら話していると、頬が上気してくる。

「そうですよね。おふたりの間にある強い愛は、見ているだけでわかりますから」

「え？」

思いがけない指摘に、千鶴は返答に困った。

「もしかして、無自覚ですか？　浅彦さんと『理想の夫婦だね』といつも話しているんですよ」

「観察しないで」

照れくさくてたまらず両手で顔を押さえると、すずがくすくす笑っている。

「でも、私たちも続きますから。死神の妻としては半人前ですけど、八雲さまと千鶴さんのように、うらやましいと思われるような夫婦になります」

すずの気持ちが前向きになって、ほっとした。

「負けないようにしなくちゃ」

「私も負けません。千鶴さんがいてくれてよかった」

千鶴は完全に緊張がほどけた様子のすずと、にこやかに笑いあった。

その夜。先ほどまで庭を明るく照らしていた月を凄雲《せいうん》が隠し始めた丑の刻に、まずは八雲が戻ってきた。

「おかえりなさいませ」

足音で起きた千鶴が出迎えると、すずも出てくる。彼女も膝をついて迎えたが、おそらく浅彦ではなかったからだろう。一瞬、眉根を寄せた。けれども、すぐに笑顔になる。

「ただいま帰った。今宵、悪霊が出た気配はない」

八雲は独り言のように言ってから、奥へと入っていく。

今の言葉は、間違いなく浅彦を待ちわびるすずに向けてだ。浅彦は正しく儀式を遂行しているから心配ないという、八雲からの励ましだった。

千鶴はすずに〝大丈夫〟という意味を込めて微笑んでから、八雲を追う。

「今晩は冷えましたね。風が強くて、月があっという間に隠れてしまいました」

ほどいた帯を八雲から受け取りながら話す。

「この時季は雪が降らぬだけましだ。雪遊びを待ちわびている一之助と崇寛は、降れば喜ぶだろうが」

「そうですね」

優しい笑みを浮かべる八雲は、すこぶる落ち着いている。浅彦を信頼しているのだ。

着替え終わった八雲は、千鶴の手を取り抱き寄せた。

「お前もすずのように不安だったのだな。私たち死神は、お前たちをやきもきさせてばかりだ」

八雲が反省することなどひとつもないのに。

千鶴はそう思いながら、八雲の大きな体を抱きしめ返す。千鶴はこうして抱きしめられると心が落ち着くからだ。

「ですが八雲さまも、私の行動にはらはらされていたのでは？」

「そうだったな。千鶴はなにをしでかすかわからない。行動力がありすぎるのも考えものだ」

耳元で笑みを漏らす八雲は、甘えるように千鶴の肩に頭をのせてきた。

「今晩、なにかございましたか？」

「……儀式に行ったら、『どうしてもっと早く連れに来てくれなかったのか』と叱られた」

「早く逝きたかったということでしょうか」

「そうだ。三十半ばの女性だったのだが、出産が原因で寝たきりになってしまったようだ。子育ても家事もできずに離縁され、子は奪われてしまった。父の稼ぎでなんとか生きてきたが、邪魔者扱いされて生きがいもなく死を願う毎日だったとか」

なんと痛ましい。

千鶴の顔はゆがんだ。

「私たちは来世での幸せを願いながら黄泉へと魂を送るが、所詮願うだけ。早く逝きたかったと言われると、このあたりが切ない」

八雲は自分の胸を押さえて吐露する。

これが感情を知ることとの代償だ。しかし八雲は儀式の際は平然とした顔で、やっぱり次の世での幸せを願いつつ印を付けたに違いない。

おそらく、八雲がこんな弱音をこぼすのは千鶴の前だけ。

「早く逝きたいという感情は、もっと生きたいという気持ちと表裏一体。助けてという叫びのような気がするのです」

一之助もそうだったはずだ。死神の迎えを乞いながらも、本当は生きたかったに違いない。八雲の手を握った瞬間、彼は息を吹き返した。そして今はのびのびと毎日を楽しんでいる。

「彼女を助けられなくて残念だったかもしれません。でも、自分の幸せを願ってくれる人がいるとわかったのではないでしょうか。彼女は最期に、次の世への希望を見出せたのですよ、きっと。所詮願うだけとおっしゃいましたが、それに救われる者がたくさんいるのです。八雲さま、ありがとうございました」

八雲の手を握ってそう伝えると、彼は悲しいようなそれでいてうれしいような複雑な表情で千鶴を見つめる。

「本当にお前は……。死神の伴侶として最高の女性だ。千鶴がいてくれるから、こうして胸のつかえを吐き出せる。また次の儀式に向かえる。ありがとう、千鶴」

八雲は千鶴を引き寄せて、そっと額に唇を寄せる。

八雲がこんなふうに気持ちを洗いざらい話すようになったのは、まだ最近のこと。千鶴が打ち明けてほしいと思っていると知ってからだ。

きっと八雲は、千鶴に頼らずとも、ひとりで心を整えて明日の儀式に挑むことなど造作もない。けれど、こうして痛みを共有することで、千鶴の不安も解消してくれている気がしてならない。八雲がなにも口にせず黙々と儀式に励んでいるほうが、あれこれ余計なことを勘ぐって心配になってしまうからだ。

そうしたことをすべてお見通しだろう八雲は、完璧な夫だ。

「あっ……」

そのとき、玄関の戸が開く音がした。すずがすぐに廊下を駆けていく。

「浅彦だな」

「はい。ふたりにしておきましょう」

「そうしよう」

浅彦も、すずを抱きしめてこんなふうに唇を寄せているかもしれない。

そんなことをふと考えた千鶴は、頬が赤く染まっていないか心配になった。


翌日は穏やかな太陽の光が辺りを照らし、久々に寒さの緩んだ一日となった。

すずを心配していた千鶴だが、朝の食事の支度のときにはすっかり元気を取り戻しており、安心した。千鶴の言葉が届いたのか、浅彦が彼女を癒したのか知る由もないけれど、迷ったり落ち込んだりしたときは皆で支え合っていけばいい。家族、だから。

八雲の話では、昨晩の浅彦の儀式は滞りなく行われて、ふたつの魂が黄泉に渡ったとか。

そのうちのひとつは風邪をこじらせたまだ二歳にも満たない幼い子供だったらしいが、浅彦は冷静に印を付けたようだ。

もちろん、悲しくなかったわけがない。でも、儀式を失敗することこそが一番の悲劇だとよく理解しているのだ。

浅彦はすずを支えに、着実に死神として成長している。この先もすずがいる限り、心配ないと思えた。

前世でできなかった分、目に入れても痛くないほどの勢いですずを大切にしている浅彦だが、八雲同様すずを死神にする気はないらしい。強い縁があれば再びつながることができると身をもって知った彼は、自然のままに任せると決めているようだ。

昼食のあと、庭で遊ぶ一之助と崇寛を縁側から見守っていた千鶴は、麗《うら》らかな日差しに誘われてうとうとしてしまった。

「あーっ！」

突然一之助の大きな声が耳に届いてはっとし、門のほうに駆けていく子供たちふたりを追いかけようと慌てて立ち上がる。

「和泉さま！」

「一之助くん。覚えていてくれたんだね」

門から入ってきたのは、竹子の夫で死神の和泉だ。駆け寄った一之助の頭を優しく撫でたあと、崇寛にも同じようにした。

「崇寛だよ」

一之助が兄らしく紹介している。

「大きくなったね。あっという間だ」

崇寛が生まれたあと、一度だけここを訪ねてきたことがある。竹子が楽しみにしていた八雲と千鶴の子だから是非会いたいと、竹子の代わりに会いに来たのだ。まだ寝返りすら打てなかったあの頃から比べると、びっくりするくらい成長しているはずだ。

千鶴が軒下に置いてあった草履を履いて庭から出迎えに行くと、和泉は柔らかな笑みを浮かべて会釈してくれた。

「和泉さま、お久しぶりです」

「ご無沙汰しています。お元気そうで」

思えば前回は、寝不足と育児疲れでふらふらだった。目の下は黒ずみ、髪も整ってはおらず、よくあんな姿で会えたものだと今さらながらに恥ずかしくなる。

けれど、和泉は育児の大変さを理解し、それを笑うどころかねぎらってくれたのを覚えている。

「今、八雲さまを呼んでまいり――」

「よく来たな、和泉」

踵《きびす》を返そうとすると、八雲の声がした。彼ら死神は、死神同士の気を感じ取れるのだから訪問がわかったに違いない。

「久しぶりだな。突然申し訳ない。少し話があって」

話とはなんだろう。よい知らせならばいいのだけれど。

緊張が走ったものの、子供たちの前で不安そうな顔はできない。千鶴は笑顔を作って和泉を屋敷の中へと促した。

「和泉さま、いらっしゃいませ」

玄関で正座をして迎えたのは浅彦だ。その少しうしろにはすずが控えていて、頭を下げる。

「お邪魔します。……彼女は？」

和泉はすずに会うのは初めてだ。

「私の伴侶のすずと申します。前世からの縁あって、一緒にこちらで暮らしております」

浅彦がはきはきと答えた。

千鶴は堂々たるその姿を見て、すずの夫としての貫禄が増してきたなと、母親のような視点で考えてしまう。

「ああ、巡り会えたのですね。素晴らしい。やはり強い縁は存在するようだ」

和泉は目を丸くしつつも、ふたりの奇跡を祝福している。竹子と自分に重ねているのかもしれない。

浅彦とすずに子供たちを託した千鶴は、八雲とともに和泉の話を聞くことにした。

「この屋敷は、死神の屋敷とは思えぬほどにぎやかだな」

「うるさくてすまない。だが、笑い声が聞こえてくるのは悪くない」

八雲がそう伝えると、和泉は口の端を上げてうなずく。

「まさか、浅彦の願いが叶うとは……」

「浅彦とすずは、強い結びつきがあると近くに生まれ変わるということを証明してみせた。私たちの未来も安泰だ」

八雲は千鶴に優しい眼差《まなざ》しを向ける。

いつか別れのときがきても、またここに戻ってくる。

千鶴はそう心に決めている。

「すずさんのほうには、浅彦の記憶はあったのか？」

どうやら和泉は興味があるらしく、詳しい説明を求めた。

「心の奥のほうにはなにか残っているのかもしれないが、はっきりとした記憶はないようだ。ああして夫婦となった今も、前世のことは思い出さないらしい。ただ、すずは前世で壮絶な経験をしたし、今ふたりは十分に幸せそうだ。私はこのままでよいように思う」

「そうだったか。記憶は残っていればよいというわけでもない」

和泉が同意するように言うと、八雲はうなずく。

八雲は以前、鋳掛屋の主人を黄泉へと旅立たせたとき『人の記憶は薄れていくようにできている。それはつらいことを忘れて前に進むために必要な機能なのだ。でも、大切な者の記憶は薄れるだけで、なくなるわけではない』と話して聞かせた。やはり、あれは間違っていないと千鶴は思う。

「それなのに、どうやって巡り合ったんだ？」

「すずの心が変わっていなかったのだ」

「どういうことだ？」

和泉はよく呑み込めないようで、首をひねる。

「他者をいたわり、決して傷つけず。悪しき存在だと思われている死神に対してまで、優しい心配りをする。浅彦はそんな彼女に心奪われ、すずの面影を見たのだ。すずのほうにも、会いたい人がいるというような感情があったようだ。ふたりは、運命で結ばれていた」

死の時刻は、どれだけ理不尽であろうが誰にも変えられないと知っている死神の八雲。その彼が口にした〝運命〟とは、その絶対的なものですら凌駕《りょうが》しているようにも思える。

実際、理不尽な死を乗り越えて新たな幸せをつかんだふたりが目の前にいるのだから、肉体の死は必ずしも不幸とは言えないのだろう。

「運命か……。よい言葉だ。私にも、運命がなせる業を経験できるだろうか」

優しい表情で語る和泉は、竹子のことを考えているのだ。

「もちろんですよ。竹子さんはしばらくお離れになっているだけで、必ず和泉さまのところに戻ってこられます」

千鶴は少しむきになって言った。

竹子が旅立ったときからそう信じているし、浅彦たちの奇跡を目の当たりにして、その気持ちはより強くなっている。

「千鶴さんは優しい。……実は、竹子のことで今日は来たのだ」

「竹子さんの？」

思わず声をあげた千鶴は、八雲と顔を見合わせた。

「紅玉から知らせが入った。竹子の魂が、私が以前儀式を行っていた我孫子《あびこ》に返ったようなのだ」

和泉は、幸福をにじませた優しい表情で語る。

「本当か？」

身を乗り出す八雲も珍しく興奮気味だ。

「本来ならば、黄泉へと旅立った魂の行方を死神が知ることはできないのだが、翡翠の罪滅ぼしだと今回に限り教えられた」

紅玉も粋な計らいをする。和泉と竹子が失った時間は取り戻せない。だから、これからの時間を与えようとしているに違いない。

「そうなんですね。竹子さんが……」

千鶴の目はたちまち潤んだ。まさか、これほど早くよい知らせを聞けるとは思っていなかったからだ。

「黄泉でもっと休んでいればいいものを」

そんなふうに漏らす和泉だが、見たことがないほど顔がほころんでいる。

「ただ、魂は地に戻っても、私たちが再び巡り合えるかどうかは別の話。それでも我孫子と聞いて、私を捜してくれているのではないかと、どうしても期待してしまう」

和泉の話に、千鶴は何度もうなずいた。

「もちろんそうですよ。浅彦さんとすずさん、出会ってから結ばれるまであっという間だったんです。前世の記憶がなくても、心のなにかが反応するのではないでしょうか」

是非そうであってほしいという願望ではあるけれど、浅彦たちを見ているとそうに違いないと期待が膨らむ。

「千鶴さん、ありがとう。私もその望みにかけてみたいと思う。我孫子のどこかにいるのは間違いなさそうだが、はっきりとした場所まではわからない。私は我孫子の屋敷に戻って、我孫子の死神や隣の流山《ながれやま》で奮闘している穂高《ほだか》を手伝いつつ、竹子を待ちたいと思う」

「そうだな、それがいい」

八雲の声も弾んでいる。

「宗一も、母に会える日を心待ちにしながら、死神としての役割を果たしている。竹子に巡り合えたら、宗一にも会わせるつもりだ」

その日は遠くないのではないかと千鶴は思う。和泉の竹子を想う気持ちが、浅彦のすずへのそれにも負けず強いからだ。

「こういうのを人間の世では親馬鹿だと言うようだが……宗一はいい死神だ。死に伴う痛みや苦しみを理解していて、それらを少しでも軽くしようと試みている。そのうえで儀式は間違いなく遂行する。父として鼻が高い」

宗一は、まるで八雲のようだと千鶴は感じた。そうした死神が増えるのは、人間にとってはありがたい。

それにしても、和泉が息子の自慢をするのが微笑ましい。

いつか八雲も崇寛のことをそんなふうに語る日が来るだろうか。

そう考えるだけで、千鶴は自然と笑顔になれる。

感情豊かな死神たちは、皆それぞれに抱えているものがありながら、強く生きている。

感情があることで生じる苦しみも、彼らならきっと乗り越えるだろう。

「この足で我孫子に向かう」

「そうか。よい報告を待っている」

八雲が手を出すと、和泉はその手をしっかり握った。

◇◇◇

和泉が我孫子に旅立ってから半月。

冷たい雨が降り続いたその日は、庭の枯れ木に雨粒がぶつかった瞬間凍結する、雨氷《うひょう》が見られた。ガラスで細工したかのようにきらきらと光るそれは美しいが、凍えるような寒さの中、儀式に向かわなければならないのは少々こたえる。

それでも八雲は傘を持たせてくれた千鶴に見送られながら、小石川に向かう。

小石川は千鶴が生贄となった年と同じように流行風邪が蔓延し始め、旅立つ者が増えた。そのため今日も、昼間から浅彦と小石川に足を運んでいるのだ。

浅彦が聞いてきた話によると、死にゆく者が多いため、死神に生贄の花嫁が必要だと声高に叫ぶ懲りない者がいたらしい。

労咳の際の、死神は生贄の花嫁など求めていないというすずの主張は、当初嘘だと切り捨てられた。ところが、すずが生贄にならずとも工場を閉鎖したら死者の数が減ったことで、三条家の当主は新たな生贄を出すことをせず、労咳のときと同じようにいったん工場を閉めた。

すずの勇気が、この先生贄の花嫁に指名されて絶望を味わう人間をなくしたのだ。

「それでは、行ってまいります」

「ああ」

神社で浅彦と別れた。

浅彦がひとりで儀式を行うようになってから、八雲の負担はぐんと減った。しかも、心を痛めながらも儀式をためらわなくなった浅彦に、失敗するのではないかという懸念はもうなく、八雲は万が一のときのお守りのような役割に徹することができている。

小石川の人間の多くが勤める三条紡績の工場閉鎖が功を奏しているのか、台帳の死者の数は日に日に少なくなっていく。

もう少し踏ん張らなければ。

八雲は気持ちを引き締めて、最初の儀式に向かった。

その日は、五人の対象者を黄泉へと導いた。その最後がようやく立つことを覚えたばかりの幼い男児で、崇寛を彷彿《ほうふつ》とさせた。

父が流行風邪にかかり、それをもらってしまったようだ。父は回復しているようだが、小さな体では勝てなかったのだ。

徐々に呼吸が弱くなる男児を抱き、泣き叫ぶ母が切ない。診療所は患者であふれていて、残念ながら貧しい者たちは診察を受けることもままならないようだ。

無論、男児が亡くなるのは生まれながらに決まっていたことであり医者に診せても結果は同じなのだが、手を尽くせない母の虚しさを思うと、八雲の顔はゆがんだ。

「お願い、息をしてちょうだい。私を置いて逝かないで」

青白い唇をした男児の頬に、母の涙がぽたぽたとこぼれ落ちる。

目を覆いたくなるような残酷な光景だったが、八雲は額に印をつけた。

八雲がその家を出た直後、「嫌ー！」という母の叫びが耳に届いた。たった今、旅立ったのだ。

深い溜息が出てしまうのは、死神として失格だろうか。

魂はこれで終わりではなく次の世まで続いていると知っているのに、自身も親となった今、止められるものではなかった。

感情を取り戻した代償は、ことのほか大きい。しかし、これが正しいのだ。

悲しみや苦しみを感じる一方で、愛し愛される喜びを知った。千鶴や崇寛、そして一之助を愛おしく思う気持ちは、決して失いたくない。

千鶴たちが自分のそばで笑っていてくれるのがあたり前ではないのだと改めて感じた八雲は、彼女たちが旅立つその日まで、全力で守らなければと気持ちを引き締めた。

◇　◇　◇

寅《とら》の刻《こく》の頃、八雲が屋敷に戻ってきた。

千鶴は崇寛と一之助が眠る部屋からこっそり抜け出し、玄関に向かう。

「お疲れさまでした。本日も、ありがとうございました」

「ああ。浅彦は戻っているようだな」

「はい、ほんの少し前に。少々お疲れのようでしたから、すずさんと一緒に先に休むようにとお伝えしました」

「それでいい。千鶴も寝ていても構わないんだぞ」

草履を脱いで上がってくる八雲は、毎日のように同じ台詞《せりふ》を口にする。崇寛が夜中に何度も起きていた頃はさすがにふらふらで、八雲の足音が聞こえてもまぶたが持ち上がらないこともしばしばだった。しかし、朝まで続けて寝てくれるようになったので、少し余裕があるのだ。といっても、少し、なのだが。

日中子供たちに振り回されているため、体力が続かない。だから八雲の言葉に甘えてお出迎えをしなかったことも何度かあるが、結局気になって起きてしまう。

「……八雲さまが、心配なのです」

正直な胸の内を明かすと、八雲は目を大きく開き驚いた様子だ。けれど、すぐに優しい笑みを浮かべた。

「儀式を失敗するかもしれないと?」

「違います。そのようなことは考えたこともございません」

千鶴は少々むきになって言い返したが、八雲は口の端を上げて笑っている。どうやらからかったようだ。

八雲に背を押されて一緒に廊下を歩きだした。

奥の八雲の部屋に入るとすぐに、行灯に火を入れた。淡い朱色の光が、端整な八雲の顔を浮かび上がらせる。儀式に向かう前に千鶴が結った髪は少々乱れていたが、相変わらず艶があって美しい。

着替えを手伝っていると、八雲は髪を結んでいた組み紐《くひも》をするりとほどいて千鶴に手渡した。

「お前に初めて髪を結ってもらったのが、遠い昔のようだ」

「そうですね。あれからあっという間でした」

命を落とす覚悟だったのに、これほど幸せな毎日が送れているのが信じられない。

「おいで」

優しく微笑む八雲に褥《しとね》に誘われて、素直にその広い胸に顔をうずめた。八雲のことは、たまらなく安心できる。千鶴にとって憩いの場だ。

「あれから私は、千鶴に頼り通しだな」

「私はなにも。私が八雲さまに守られているのです」

彼がいなければ、これほど強くなれなかった。死をつかさどる死神に生への執着を教えられるのが不思議ではあるけれど、今は何事もあきらめずに突き進んでいこうと決意している。

「いや。こうして千鶴を抱きしめていると、心に立った荒波も収まる」

「……今晩、なにかございましたか？」

八雲の心が疲れている気がして、千鶴は尋ねた。

「そうだな」

短い返事をした八雲は、しばし黙り込んだ。

心の整理をしているのか、打ち明けるのをためらっているのか……。

ただ、最近は以前よりも本音を口にしてくれるようになった。ふたりで痛みを分かち合い、乗り越えていきたいという気持ちが伝わっているからだ。そしてそれが、死神の妻である自分の仕事だと、千鶴は思っている。

「魂が輪廻するとわかっていても……強い縁があれば再び巡り合えるかもしれないことを知っていても、大切な人を亡くしてむせび泣く者を見るのは、胸に刺さるものがある」

どうやら前者だったようだ。八雲は率直な胸の内を明かしてくれた。

「そうですよね。見ず知らずの方でも、亡くなるのは悲しい。家族や大切な方であればなおさらでしょう。ですが、八雲さまのせいではございません」

八雲の目を見て伝えると、表情を緩めた彼は小さくうなずいている。

「死神さまは私たち人間にとって必要不可欠な存在。とても尊い責任を果たされているのです。ですからどうぞ、儀式をすることをためらわないでください。ただ、終わりが来るのは悲しいことに違いありません。八雲さまが胸を痛められるのは当然なのです。でも、私がいますから。存分に吐き出してください。……なんて、偉そうですね」

大したことはできないのに、八雲を助けたい一心で時々偉そうな物言いをしてしまう。反省していると、八雲は口角を上げる。

「偉いのだから構わないだろう？」

「な、なにをおっしゃってるんですか」

偉いだなんてとんでもないと、千鶴は慌てふためいた。

「なにを慌てている。私を穏やかな気持ちに導いてくれるのだから、胸を張ってそう言えばいい。私が尊い責任を果たしているのであれば、その一端を担っている千鶴も尊いのだ」

「私も？」

八雲の言葉が、ことのほかうれしい。とても一端を担っているとは言い難いけれど、死神の妻として少しは貢献できているのではないかと思ったからだ。

「まだ自覚がないのか？　ああ、そうか。お前が自分に自信がないのは、私の愛が足りないからだな」

そんなことを口走る八雲は、体を起こして千鶴の顔の両側に手をつき、艶やかな視線で千鶴を縛る。

「や、八雲さま？」

「千鶴。もうひとり欲しくはないか？」

意外な問いかけに、一瞬頭が真っ白になる。けれど、答えはひとつだ。

「欲しい、です。八雲さまの血を引いた、かわいい子が」

千鶴が正直な気持ちを伝えると、すぐさま熱い唇が重なった。

生贄の花嫁として死を覚悟した千鶴。すずへの懺悔を胸に何度も死のうと試みた浅彦。愛されない苦しみに死を願った一之助。

三人ともに〝死〟というものにとてつもなく近い場所にいた。しかし今は顔を上げ、これからの希望を信じて歩いている。

――死をつかさどると恐れられる死神は、誰よりも繊細で、しかし誰よりも強く、人間の世を守る存在だった。

生贄として差し出された花嫁は、そんな死神に愛をもたらし、幸福を運んできた。

そして孤独だった死神は、愛を教えてくれた妻をこの先もずっと大切にしながら、魂をつなぎ続けるだろう。

―――――本書のプロフィール―――――

本書は書き下ろしです。

小学館文庫

死神《しにがみ》の初恋《はつこい》

無尽《むじん》の愛《あい》は希望《きぼう》を灯《とも》す

著者　朝比奈希夜《あさひなきよ》

二〇二三年八月九日　初版第一刷発行

発行人　石川和男

発行所　株式会社 小学館
〒一〇一-八〇〇一
東京都千代田区一ツ橋二-三-一
電話　編集〇三-三二三〇-五六一六
販売〇三-五二八一-三五五五

印刷所――凸版印刷株式会社

ISBN978-4-09-407287-7

京都上賀茂 あやかし甘味処

鬼神さまの豆大福

朝比奈希夜

イラスト　神江ちず

幼い頃から「あやかし」がみえる天音。
鬼神が営む甘味処で、
なぜか同居生活を始めることに!?
不思議で優しい、
京都和菓子×あやかしストーリー！

CHARABUN
キャラブン!
小学館文庫

京都鴨川あやかし酒造

龍神さまの花嫁

朝比奈希夜

イラスト　神江ちず

旦那さまは龍神でした――
冷酷で無慈悲と噂の男・浅葱に
無理やり嫁がされた小夜子。
婚礼の晩、浅葱と契りの口づけを交わすと
“あやかし”が見えるようになり…!?

CHARABUN
キャラブン!
小学館文庫